Антология современной

русской экологической литературы

俄罗斯当代生态文学作品集

Михаил Михайлович Пришвин

米哈伊尔·米哈伊洛维奇·普里什文

作者简介

米哈伊尔·米哈伊洛维奇·普里什文是俄罗斯著名的散文作家。他于1873年生于俄罗斯奥廖尔省叶列茨县一个破败的商人家庭。从商人出身的父亲那里，普里什文继承了梦幻和诗意的天性。他的母亲属于伊格纳托夫商人家庭的旧教派信徒，普里什文毕生的事业与生活都受到母亲深深的影响。普里什文在叶列茨男子中学学习时，因与地理老师瓦西里·瓦西里耶维奇·罗扎诺夫（后来成为著名的哲学家和作家）发生冲突而被学校开除。他把对马克思主义产生兴趣（19世纪90年代中期至20世纪初）看作自己生命中的一个“决定性时刻”。后来他因为为马克思主义小组工作而被捕，并被单独监禁在米塔瓦监狱。

普里什文在德国莱比锡大学哲学学院哲学系的农学部学习时熟悉了欧洲文化，尤其是德国文化，并痴迷于歌德、瓦格纳和尼采。普里什文把1902年在巴黎与瓦尔瓦拉·彼得罗夫娜·伊兹马尔科娃的相遇，以及对她的爱看作自己生命中的另一个“决定性时刻”。随后，这些“决定性时刻”成为普里什文创作的自传体小说《恶老头的锁链》的情节基础。

1902—1905年，普里什文当了一名农艺师，写了一些关于农业的书籍。1905年他开始从事新闻工作，这直接促成他散文诗学的形成和随笔集《节外生枝》的诞生。他于1904年抵达圣彼得堡，成为圣彼得堡作家的“精神家园”。在此期间，他与马克西姆·高尔基、德米特里·谢尔盖耶维奇·梅列日科夫斯基、亚历山大·亚历山德罗维奇·勃洛克等作家关系密切。

普里什文把北方称为他诗意的故乡。他在创作生涯一开始就萌生了去北方大地旅行的想法。1906 年夏天，正如普里什文自己后来所说的那样，“放弃了自己的仕途，身无分文，带着一支廉价的枪，徒步北上，记录民间故事和传说”。然后他在维戈夫地区（卡累利阿）待了几个月。普里什文第一次去北方旅行时记录的 38 篇民间故事被收录在翁丘科夫整理的《北方童话集》中。根据这次旅行的印象，普里什文创作了一本散文集《飞鸟不惊的地方》，他认为这是自己真正的第一部文学作品。凭借这部作品，普里什文被授予俄罗斯皇家地理学会的银质奖章。

1907 年，普里什文代表地理学会再次奔赴北方。“抛开一切，我再次前往……飞鸟不惊之地，记录童话故事。”他回忆道：“1907 年 5 月中旬，我沿着苏霍纳河和北德维纳河前往阿尔汉格尔斯克——这就是我穿越北方的开始。一部分路程步行，一部分路程坐木船划行，一部分路程坐轮船航行，我绕着白海沿岸转了一圈，到达坎达拉克沙。”然后普里什文穿过科拉半岛，访问了索洛维茨基群岛和西摩尔曼斯克群岛，并于 7 月初乘船返回阿尔汉格尔斯克。“在阿尔汉格尔斯克，”他写道，“我遇到了一位水手，他的故事让我着迷，我和他一起乘渔船横渡北冰洋。我和他一起乘渔船在卡宁角外游荡了两个星期，然后到达摩尔曼斯克。在这里，我在一个钓鱼营地安顿下来，开始在海洋中捕鱼。最后，我乘坐轮船从这里出发前往挪威，然后绕过斯堪的纳维亚半岛回家。”

普里什文访问了包括索洛维茨基在内的许多北方地区的修道院，在那里，他与朝圣者一起乘坐敞篷船航行。这段旅程激发了普里什文创作《跟随神奇的小圆面包》一书的灵感。在书中，普里什文生动地描绘了北方的自然风光。“在大自然中，没有任何地方像北方那样美丽。”普里什文也被强壮、勇敢、思想纯洁的劳动者征服了，他在关于北方的随笔中塑造了他们的形象。

在重读了许多关于森林的书籍后，普里什文梦想能看到一片没有被斧头砍伐过的纯净森林，在他心里称之为“贝林杰耶夫密林”。1935 年 5 月至 6 月，普里什文和他的儿子彼得·普里什文前往皮涅加地区寻找“贝林杰耶夫密林”，这次旅程持续了 19 天。普里什文说：“我无比渴望呼吸那种没有农奴制的残酷、只有人民生活的气息。在那里，在针叶林的荒野中，可能还保存着俄罗斯普通民众过去英雄时代的传说。”

在 62 岁的年纪，普里什文乘火车从莫斯科前往沃洛格达，然后乘轮船沿着沃洛格达河、苏霍纳河和北德维纳河到达上托伊马。在去苏霍纳河流域旅行期间，一位同伴向他讲述了一片有三百多年树龄的松树生长的神奇的森林，这进一步激发了普里什文寻找“贝林杰耶夫密林”的渴望。

随后，普里什文骑马克服了从上托伊马到皮涅加附近村庄这段路途的艰辛。在那里，他乘划艇沿着皮涅加河下到伊列沙河河口，然后乘一艘白杨木船沿着伊列沙河到达其支流科达河，再沿着科达河到达其上游。从这里出发，普里什文在向导的带领下步行穿过茂密的森林，找到了“贝林杰耶夫密林”——一片未被斧头砍伐过的森林。回到伊列沙河河口后，普里什文沿着皮涅加河来到皮涅加地区行政中心休息了两天，然后乘轮船前往阿尔汉格尔斯克。

得益于这次旅行，普里什文的笔下诞生了随笔集《贝林杰耶夫密林》（《北方森林》）和童话小说《造船木材林》。普里什文晚年一直在创作和修改这部《造船木材林》，直到1953年12月，也就是他去世前一个月完成了这部小说。“那里的森林里有三百多年树龄的松树，树木一棵挨着另一棵，根本砍不倒！如果一棵树被砍断了，它就会靠在另一棵树上，而不会倒下。世界上居然有那么笔直、那么纯净的树木！”这就是普里什文笔下的那片神奇的森林。

《贝林杰耶夫密林》中的许多文章标题与皮涅加地区的地理名称相对应，如“伊列沙河”“拉维拉”“亚夫左拉”等。

普里什文的向导亚历山大·古宾的性格特征，在他的童话小说《船木松林》中以英雄马努伊拉的形象体现出来。多年后，亚历山大·古宾回忆普里什文时说："他是一个什么都要问清楚的老人——他欣赏所有的树木，他数树木的年轮。他会戴上放大镜，把森林里的一切都看得很清楚！我那时候是个年轻人，我听他的。现在没有这种人了！"

普里什文一生游历颇丰，但北方就像他的初恋一样，从未离开。他的作品的主题是人与自然的和谐相处，主要描写自然界的生活，歌唱与大自然紧密联系的人的创造性劳动。在长达半个世纪的文学创作中，普里什文虽亲历俄罗斯文学发展历程中批判现实主义的衰落、现代主义的崛起和社会主义现实主义的繁盛，却始终保持了个性化的艺术追求。他的创作不仅拓宽了俄罗斯现代散文的主题范围，而且为其奠定了一种原初意义上的风貌，他也由此被称为世界文学史上最具代表性的"大自然诗人与文人"。

米哈伊尔·米哈伊洛维奇·普里什文于 1954 年 1 月 16 日在莫斯科去世。

勿忘草

[俄] 米哈伊尔·米哈伊洛维奇·普里什文 著
王金玲 主编　付何珍 译

西苑出版社
XIYUAN PUBLISHING HOUSE
·北京·

如果正确地生活，

森林和人类都会善始善终。

目 录

1. 亲疏大自然

人生于自然，源于自然，因此我们常说：大自然是人类的母亲。但同时，在大自然中的人也会因受到各种显性的或潜在的敌人的侵犯而死去。所以，对人类而言，大自然既是慈爱的生母，又是恶毒的继母。

我们的故事就从这里开始讲起吧。

***

路边，在许多淡紫色风铃花的簇拥下，一株薄荷花静静地绽放。我刚要把这朵花摘下来闻一闻时，一只小蝴蝶收起了翅膀，停在了花上。我不想为满足自己的私欲而让小蝴蝶伤心难过，于是决定再等一等。我站在这株薄荷花旁，把此时此刻的心情记录在随身携带的小本子上。

我在小本子上专心致志地写了很久，一时竟忘记了小蝴蝶的存在。当我写完，猛一抬头，竟发现这只小蝴蝶还驻留在那株薄荷花上，仍然保持着原来的姿势。

这怎么可能呢！我用脚尖轻轻地踢了一下薄荷花的花茎。小蝴蝶随着花剧烈地摇晃了一下，却仍然没有从花上飞下来。难道它死在花朵上了吗？

我小心翼翼地用大拇指和食指轻轻地捏住小蝴蝶收起的翅膀。小蝴蝶在我的指间并没有挣扎，它头顶的触角也纹丝不动——它真的死了。

当我把这只小蝴蝶从薄荷花上捏起来时，带出来一只隐藏在花里的淡黄色蜘蛛，它的肚子上有一个浅绿色的大卵袋。蜘蛛用它的八条腿紧紧地裹住了小蝴蝶的肚子，吸干了它的血。这时，从我身边走过几个来别墅度假的市民，他们不停地感叹着："多美的大自然啊！多棒的天气啊！多清新的空气啊！多么和谐美好的大自然啊！"

众所周知，大自然从来都不是和谐美好的，但人们心中总会萌生一种和谐、愉悦和幸福的感觉。

大自然里一切被人类视为羞耻的东西都是暴露无遗的，包括为生存而战，为争夺交配权而战，为争夺领地而战，以及为其他欲望和诱惑而战。试问，我们人类在走进大自然时为什么会感到快乐呢？

在大自然中，我们每时每刻都能感受到生命的创造力，同时把人类与生俱来的和谐感带入其中。这种情感是一种纯洁的人类特有的情感，这种情感一旦与大自然融合，就会生机勃勃、熠熠生辉。人类自身也意识到了这一点，于是大自然中被破坏的和谐得到了某种程度的恢复。

因此，亲爱的人们，那些疲惫不堪去别墅度假的市民，你们不希望在大自然中看到那些在城市里已经让你们感到身心俱疲的纷争，你们是对的。

***

大自然中的水像一面镜子一样，能倒映出天空、山峦和森林。人类在自己站立起来的同时，也扶起了一面镜子，在镜子中他看到了自己，也看到了自己在镜子中的影像。

狗在镜子中能把自己看成另外一条狗，但它完全不知道那就是它自己。

大概只有人类才明白，镜子中的影像其实就是他本人。

人类整个文化发展史就是一部关于人类在镜子里看到了什么的历史。人类的未来就在于人类在这面镜子里将会看到什么。

***

人类经过几十个世纪的繁衍生息，逐渐将大自然和宇宙的各个部分融入自己体内，其中与动植物更相似的那部分，我们称为肉体；而更接近人类自身或在大自然中不存在的其他部分，以及只有人类才固有的那部分，我们称为精神。

自然界中的许多力量，一旦融入人类的精神中，就会发生巨大的转变。比如，大自然中能把花粉从雄蕊吹到雌蕊上的风，按照人类的说法，从肉体层面上看，被称为性欲；而从精神层面上看，就叫作爱情。

为了证明植物的传粉过程与人类的爱情相似，自古以来，诗人们在描写爱情的时候就会把它比作云雨。

人类在制造汽车时，会根据汽车的形象及与人类的相似性命名汽车的各种部件，比如火花塞、背垫、车头或轴颈。但是现在人类面对的不是汽车，而是万事万物都自生自灭的大自然，我们人类自己也是源于大自然。如何给大自然中的万物命名呢？大自然中除了人类语言，没有其他语言，所以人类只能用自己的语言为大自然命名，比如“勿忘草”“三色堇”。

***

人类要做的事情，就是用人类的语言描绘出无言的世界。世界本身的改变取决于人类如何去描述。

在大自然中，最宝贵的是生能战胜死，人类在大自然中能预示着不朽的存在并在此基础上欢呼雀跃。

秋天时大自然中的万物渐渐凋零，而对人类来说，此时正是黑麦生长的旺季。在大自然中，一只普通甲虫的嗡嗡叫声象征着动物世界的不朽，而对人类社会来说，莫扎特和贝多芬的作品才是永恒的象征。

幸福在哪里都是一样的，无论是在大自然中还是在人类社会中。这就是一只无形的手投下了数以万计的种子，让其中的一粒发芽，当这粒种子长大结果时，我们就尝到了幸福。

就是这样，枞树靠播种自己的球果繁衍，白杨树和蒲公英亦是如此。也正是这样，成千上万的人们才拿起画笔、拿起钢笔、拿起琴弓搞艺术创作，就是为了能有一个成名的作品出现，为了使其传承并发扬光大。

只有创造自然的人才能把人类的秩序应用于大自然。这就是为什么人在大多数情况下，在不了解大自然的时候，也要按照自己的方式改造大自然。这种行为的实质是革命性的。之所以对改造大自然的人不能心生怨恨，是因为人类的寿命是短暂的，而寿命的长短取决于我们的信念。

***

天空万里无云，每一株草长到一定高度、达到一定极限就会开花，蜜蜂、大黄蜂正忙得热火朝天，野蔷薇也正值花季。我了解大自然中的一切，但是我不在意生命的长短，我是自然的主宰者，我能比他们所有人做出更多。

不应该关注死亡，而应该主动创造，应该塑造不怕死的大自然的主宰者。这种思想植根于我们的内心，我们需要不断地付诸实践，也就是要积极创造。

我常常坐在长凳上看初升的霞光，“冷漠无情的”大自然笼罩着我们人类世界。这其实并不是一种冷漠，而是一种伟大的生活，是一条为蚂蚁提供的宽阔大道：“你走这条道吧，蚂蚁！你也会像人类一样，成为大自然的主宰者！”

我久久地凝视着远方。我的内心变得宽阔起来，就好像登上了一座山峰，山下的人群密密麻麻，如同“蚁群”一般来往穿梭。

这不是大自然的冷漠，而是它为人类提供的一条宽广的生存之路。

***

对我来说，大自然中的一切，无论是火焰、流水、劲风、岩石、植物还是动物——都是被打破的一个整体中的一部分。而人类是在大自然中拥有大智慧且不断积蓄力量的载体，能够把整个自然界统一起来。

当你看到大自然中的一朵鲜花时，你会想到，人类是无论如何也创造不出如此美丽鲜艳的花朵。当你看到一盏精致的威尼斯吊灯时，你同样会想到，大自然是无论如何也创造不出如此美丽并且可以代代相传的吊灯。

这就意味着，大自然的创造和人类的创造在时间上是有差别的：大自然创造的是当下，而人类创造的是未来。

大自然的创造是为了满足人类的愿望，让你感到惊奇的是，你想飞，就看到了会飞的鸟，你想躺下来休息，你的面前就立刻出现了开满鲜花的柔软草地。

但是，大自然本身是完成不了人类的计划的，人类的计划只能由人类自身来完成。

***

人类的精神世界就如同浩瀚的海洋，表面上波涛汹涌，实则在内心深处却是一片宁静。我多想可以远离惊涛骇浪的海面，去宁静的海底享受。但深海中漆黑一片且没有空气，让人无法呼吸。所以，没办法！我只能留在海面，继续接受那里的波涛汹涌和狂风巨浪。

据说，地球上最早的生命来自海洋，海洋是万物之源。我喜欢站在岸边欣赏大海，但我不喜欢在大海里游泳，因为无论你看向哪里都是一望无际的蓝色，这让我感到索然无趣。

是的，很久以前，我也是来自海洋的生物，但是我不想再回到大海里去。我更喜欢从岸上欣赏大海，欣赏它的波涛汹涌和狂风巨浪。我尤其喜欢坐在岸边的石头上，一边眺望大海一边沉思，思考着地球上生命的奥秘。

II. 生机勃勃的大自然

田野里空荡荡的。随着白天变得越来越短，村里的居民睡得越来越早。此刻夜空中的星星却越来越亮。

我站在门廊下不禁感叹道："真安静啊！"这时，一颗流星突然划过天际，把天空分成了两半。在宇宙中飞驰的流星触碰到了地球的大气层，用如此快的速度让我们更加清楚地认识到这乡村夜晚的宁静与祥和。

任何事情的出现都是有原因的！世上有如此多的人像影子一样过着毫无意义的生活，这么看来，他们算不上真实且有趣的人。但事实上，他们又都是那么真实且有趣的个体。你应该和他们中的任何一个人在林间小路上结伴同行，大自然会不可避免地展现出它的巨大威力，你就会明白一个事实，而这个事实也能通过天空中一闪而过的流星被领悟到，那就是天空并不像我们想象的那么平静。

黎明前的城市。电灯执拗地高声叫喊起来："天要亮了！天要亮了！天要亮了！"天空此时红彤彤的一片，惯常在这片火红色的天空中你能发现一颗小星星，看到它的那一刻，你的心就会随着它颤动一下。这时从远处传来一声鸟鸣，只有上帝才知道这鸟鸣声来自何方。鸟鸣声过后，天空又恢复了往日的宁静，但我能听到从某幢楼房里传来的钟表滴答声和机器的轰鸣声，工厂开始工作了……

***

艺术家的记忆像是因大脑高速运转而留下的烧伤疤痕。

人类在自然界的生活始于失败、痛苦和辛勤劳作。只有当你对未来要遭受的磨难做好充分的思想准备时，你才可以谈论这个美好的世界：不要害怕，继续向前走吧！你甚至已经准备好要献出自己的生命，只有经历过生死，你才可以重新审视这个崭新的世界。

***

当人们还在睡梦中时，晨光早已普照大地，它带来了春的气息，春天离我们更近了！你身边的一缕晨光是你亲密且唯一的朋友，与你一起迎接美好的一天。

能够享受如此灿烂的阳光，对我来说，是一件十分幸福的事情。幸福到底是什么呢？当然，幸福是无论身处任何环境、面对任何人，都可以感到由衷的快乐。即便在恶劣的环境下，即便在人生的弥留之际，也能面对阳光绽放笑容。我们经常为天空、太阳和草地而感到欣喜，还会因为和某个人的相遇而开心不已，甚至在与他回村的一路上，会不停地分享自己的喜怒哀乐，见到村里的每个人，也会绽放出喜悦的微笑，与他们谈天说地、纵情歌唱；即使与他们分别已久，村里的孩子们对于我这样一个快乐的旅行者依旧难以忘怀。

幸福通常与成功与否无关，但是成功的人一定是幸福的。只有在生活中先经历过挫败和苦难，才能感受到生活的快乐和幸福。广义的成功是幸福的衡量标准，而失败却可以检验幸福的深度。

一般而言，一些市井小说在描写成功时习惯安排一个“好的”结尾，而在描写幸福时却不尽如人意。这些小说令人深恶痛绝的原因在于，认为幸福来源于成功。

***

失败者并不只是因为没有获得成功才被称为失败者。一个成功且幸福的人也可能是一个失败者。如何评价一个人是不是失败者有着特殊的衡量标准，他们是一类特殊的人群，有着与常人不一样的世界观。

我经历的失败并不是指真正意义上的失败，因为在漫长的人生道路上，我获得了重要的东西，即我的人生经历。

头部被猎枪射中的野兽在做着垂死挣扎，它用尽全力想一跃而起，却在原地一动不动。我看着它挣扎的幅度越来越小。当它没有力气再挣扎时，我走近一看，它的体形竟如此庞大！

打猎是我的快乐源泉，它能让我的生活不再空虚。通过打猎，我习惯了冷静地面对动物的死亡，甚至是自己的死亡，因为要知道死亡迟早有一天会到来。但是唯一一件令我感到害怕的事情是，当我快要死的时候，有个人走到我身边，看着我，对我说：“他竟是如此的弱小啊！”

树木并没有医生为其救治，所以它们在生病时无法从外界获取帮助。但树木有自愈的本领，它们会用芬芳的树脂紧紧地包裹住自己的伤口。有时，伤口早已愈合，但树脂还在不断地向外溢，不断地汇集，最终形成了一个硬疙瘩。我通常把这个硬疙瘩从树上掰下来，用手帕包住它，把它当作香水使用。我很喜欢闻它沁人心脾的香气，况且这种香气对健康也是有益的。

所以，热爱大自然的朋友们，当你们在林中漫步时，可以在手里拿上一块树脂，闻着它散发出的有益于健康的香气，这会令你们心旷神怡。但请你们一定要记住，这树脂曾是树木用来疗伤的一剂良药。

我喜欢写作并持有乐观的生活态度，是因为我有一种隐在力量（我将要这样称呼它）。我的快乐就像针叶树的汁液，在树木被隔开的地方凝结成芳香的树脂。写诗的隐在力量也源于强烈的精神痛苦。

富贵之家，屋门鲜为客人敞开。这就是为什么诗歌很少在生活富足、衣食优渥之人中产生。

这世上怎么会有挨饿的厨师呢？而事实上是有的。诗人就像是忍受饥饿的厨师，他为别人准备丰盛的精神食粮，自己却忍饥挨饿。糟糕的是，在人们心中，似乎早已有了这样的成见：很难想象作家精神贫瘠，就像难以想象会有挨饿的厨师一样。

夜间河边寒意浓浓，但此时稠李树正值花期，花香四溢，夜莺正在唱着婉转动听的歌曲。稠李树为夜莺绽放，夜莺为稠李树歌唱。

诗人即使在贫穷和极其恶劣的条件下仍然能够纵情歌唱，于是许多人将这种精神视为一种美德。

***

你是一只夜莺。在徒然的辛苦劳作中经历了多少痛苦、多少悲伤、多少失望，经历了多少次没有慰藉的呕心沥血，经历了多少次不可挽回的伤心离别……

但夜莺，请你尽情歌唱吧！

夜莺在夜晚歌唱，所有人都听到了它美妙的歌声，却始终没见到“演唱者”。如果在阳光下你看到了一只灰色的鸟，你能相信它在夜晚会唱出婉转动听的歌曲吗？

一只雄鸟死了。一颗子弹从侧面击中了这只雄鸟的心脏，但它一定以为是它的情敌偷袭了它。它拍打着翅膀向上一跃，做着垂死挣扎，然后重重地摔在地上，从它的喉咙里发出了求偶的绝唱。

***

读者是看似与作家精神上离得很近，但实际上相隔最远的人。作家花费了无数个日日夜夜呕心沥血创作出来的作品，都是呈现给读者的，作家一直在等候读者的出现。但读者在距离上离作家太远了，因此很难召唤到他。在等候读者的过程中，作家的头发变白了，脸色变黄了，皱纹也渐渐地爬上了曾经光滑的脸庞。因为读者是看似与作家精神上离得很近，但实际上相隔最远的人。

我不知道是不是每个人都与我有同样的感受。在我看来，我们在世间获得的所有快乐都源自朋友，如果一个人在人群中无法找到朋友，那么他可以选择和动物交朋友，比如，猫、狗乃至世间万物，包括太阳、月亮、群山，甚至是在路边最细小的车前草的鞭毛。

不善于构建幸福的人和经常抱怨命运不公的人常常会被大家忽视，根据其能力的大小，要不称他们是怪人，要不就称他们是艺术家。

他们存在的重要意义在于不断观察、审视自己的创作，幸福的人开始注意并理解自己拥有的幸福，然后开始好好地经营自己的生活。

有时在笔记本上写东西时，会伴有这样一种感受，好像我不只是简简单单地在写字，而是在做一件事情，甚至我能清晰地感受到自己在钻研一件事。

我的朋友！请不要惧怕那深夜里对你百般折磨、让你无法入睡的想法。如果你有这样的想法，那就不要睡了！让这种想法直达你的灵魂的最深处。请坚持住！因为这种疼痛是有尽头的。

你很快就会感觉到，在你的灵魂最深处，有一条通道可以连接另一个人的精神世界。这正是得益于那一夜你头脑中经历的痛苦，是它在你和另一个人的精神世界之间建立了这种联系，把你们紧密地连接在一起。

***

我翻看以前写的日记，发现我现在思考的事情，以前也被反复地思考过。同一件事我只是换了一种描述方式罢了。生活的本质并没有改变，改变的只是其表现形式。我们所有的人都致力于改变现有的生活方式。当一个人在恋爱的时候，他就能看清世界的本质。

我看见地球被一片绿色包裹着，就像穿了一件绿色的外衣。

我想描写这件衣服的样式，想抓住在它周围飞行、爬动、飘荡的一切东西。它们越飞越远。我仍想抓住这一切，并始终珍视在我内心深处探知绿色下面隐藏的秘密的欲望。任何时候都不要说出它的名字，要不断地用心感受。要描写，就描写那些在周围出现的事物吧！诗就是这样形成的。

把自己交给生活吧！不要害怕生活会让你伤心，你受的伤越多，离光明就越近。每个人都是一本翻开的书。一个人听到另一个人的声音，会立刻根据其声音判断出这个人是谁，在他身上发生了什么事情，他因什么事情而感到痛苦，他是如何受的伤……否则的话，你对过往永远都无法释怀，然后痛苦地度过余生，从此对生活不会再有新的感悟……

我希望自己获得的最大快乐，就是要像大家一样相信他人。但让我感到痛苦的是，我和大家并不一样。

我是一个人。我可以听到自己脉搏的跳动声。我可以看到自己跟随着脉搏跳动的节拍静静地摇摆。我可以听到淡紫色风铃花的呼吸声。我喜欢这风铃花，它和我息息相关。我对风铃花的喜爱把我和整个大自然联系在了一起。

星星亮起来了。地球上充满秘密。上帝啊！请让时间静止！请让我永远像现在这样！请赐予我力量吧！让我和世间的万物一起迎接太阳的升起吧！

***

任何一个创作都像是在收音机里寻找声音，当找到一个合适的波段，就会听到收音机里传来的声音。同样，一位艺术创作者发出的无线电波（即他的才能）只有与他来自同样一个未知世界且同频的人才会理解，这就像是一个大型的无线电台。

这种一致性对一些人来说像是一种节奏，对另外一些人来说则像是衡量事物的标准，但这两类人都能听到从外界传来的声音，这声音就像是来自同一个无线电台。

我们的周围始终存在空间和时间。而在一个人的内心深处，那里既不受空间也不受时间的制约。在吉尔吉斯斯坦有这样一个谜语，谜面是“我的鸟儿刹那间就飞到了天堂”，谜底是“梦想”。

精神和梦想不受空间和时间的限制，但梦想在空中飘荡时会遇到障碍。跨过了眼前这个障碍又会遇到下一个障碍，这种循环往复创造出了我们所说的空间和时间。

但不是所有来自精神世界的梦想都会遇到障碍。正如我们经常说的，在人的“灵魂的背后”有着可以超越空间和时间的东西。我们可以毫无顾忌地对能够畅所欲言、平等相待且能够进行心与心交流的人大声说：“嗨，我的朋友！”

我们的语言、绘画、建筑、雕塑等艺术都是我们生命中的灯塔，是灵魂之光。

一方面，艺术中的行为或方式是一个人对另一个星球发射的内心世界独具个性的信号系统。

而另一方面，人只有一个精神世界，精神世界传递出的信号是一个统一的整体。

一个人拒绝所有的亲朋好友，而选择向一个素未谋面的陌生人倾吐心声，是因为他相信，和亲朋好友在一起，自己的生活会被影响与改变，而当我们要开始一段真正的生活，就必须远离我们日常生活中积累的经验和熟悉的人际关系。这样做是否可行呢？

***

创作的法则是，善良总是可以战胜邪恶。这就意味着，可以从大量的生活创作中获得某种额外的附加成分。要想弄清楚这种额外的附加成分是什么，那么首先要成为一个有个性的人。人的个性体现在他从事的工作中，因为只有自己才最了解自己。

个人主义是一个被强调的弱点。

再见了，雪花，你已融化，所以我们不会再见面了。冬天还会来临，还会继续下雪，但那将是一片不一样的雪花，是另一场雪，而你再也回不来了。

永别了！

无论是烟囱里升起的烟，还是天上飘浮的云，一切的一切终将成为过去。在你弥留之际，你将是孤单一个人，这是一件很可怕的事情。一切与你有关的事情也不过是过往云烟罢了，当你一无所有的时候，你甚至都不会有属于自己的坟墓。而你还要一直重复：“我，我，我！”

如同水滴和石头。窗前地面的冰还很硬。但经过太阳的照射，悬挂在屋顶上的冰锥渐渐融化，开始往下滴水。

每一滴水在要接近地面、没入泥土不见踪影前都一直叫嚷着：

“我！我！我！” 它的生命十分短暂，只有那么几秒钟。在要消失前的那一瞬间，水滴无能为力又声嘶力竭地喊道：“我！”

你看，因为水不停地往下滴，地面上的冰已被水凿出了一个小坑。冰在一点点地融化，一直到化尽了。但屋顶的水还在继续往下滴。

落在石头上的水滴，清晰地大声说道：“我！”一块又大又硬的石头，它可能会留存在世上几千年，但水滴的生命只有那么短暂的一瞬间，而这一瞬间又充满着无能为力的痛苦。然而“水滴石穿”的道理千古不变——当许多个“我”汇集成了“我们”时，那是一股如此强大的力量，不仅能把巨石滴穿，有时湍急的洪流还能将巨石卷走。

***

你知道有这样一种爱吗？当你走过田野，穿过草地，摘下一朵又一朵鲜艳的蓝色矢车菊，闻着蜂蜜和天蓝色的勿忘我花散发出来的淡淡香气时，你明知道从这份爱中你将一无所获，而且未来也将什么都不会得到，但你仍然爱你身边的每一件事物。

因为天气寒冷，所有的植物都停止了生长，特别是这些椴树，许多已经冒出来的嫩叶不再继续生长。对我来说，现在正是来森林里散步的好时节！在我看来，大自然中的万物都被按下了暂停键，都在齐刷刷地注视着我，在用它们的方式互相交流着：“我们等一等这个老头儿，让他能够赶得上我们的生长速度！”

为什么我总是觉得五月的凉爽对我来说刚刚好？今年的春天

比我预计的来得迟了些，但这让我有机会更接近它。对于年轻人，我有自己的想法，我知道，他们会等我，而且这样做对他们也有好处。

我想对年轻人说，人的健康不在于心脏、肾脏，甚至不在于脊背等其他部位是否健康。如果一个人的身体健壮如牛，当然是件好事。但是一个人真正的健康是他会按捺不住地将生命中经历过的美好讲述给别人听，这就好像是一条法则：大家好才是真的好。

如果一个人身边没有任何人可以分享喜悦，那么他就会用给别人写信或唱歌的方式分享自己的快乐。一个年过花甲的人，哪怕他已需要拄着拐杖行走，无法赶上年轻人前进的步伐，但他还是会继续迎接属于他的春天。

年轻人需要明白这一点，当一个人的状态表现为外表的衰老，那么相应地，他的内心一定也在发生着某种变化，而且这种变化经常会让他觉得自己比以前更加成熟、优秀，他不会为自己衰老的容颜感到难过，也不会嫉妒朝气蓬勃的年轻人。

五月森林里春寒料峭。我觉得，年轻人可以理解我这种对人类健康的想法。他们停下手上的工作，正期待着我把自己对人类健康的想法说出来。

我是在创作热情高涨、全情投入的时候想明白这一点的：只要灵魂是健康的，你就会完全感觉不到身体的存在。

***

心灵的保温瓶。眼前的这棵稠李树刚刚开花。在我年轻的时候，通过阅读伊万王子和玛丽娅·玛列芙娜的爱情小说，知道了什么是爱情。那个时候稠李树开的花和现在这棵稠李树开的花一模一样，也散发着同样的香气。虽然我现在已经儿孙满堂，但是每当稠李树开花时，闻着稠李树散发的香气，有那么一瞬间，我会回忆起自己拥有美好爱情的青葱岁月。

不只是稠李树散发的香气，任何一种花香都像是我们心灵的保温瓶。闻着花香，即使人到暮年，仍可以轻轻松松地回忆起自己童年的美好时光。

小的时候很喜欢铃兰的香气，等到变老了，嗅觉渐渐退化，闻不到花香时，依旧很喜欢摘下一朵铃兰花放在鼻子下嗅一嗅。不仅如此，还会十分享受在脑海中回忆铃兰花香的这个时刻！

诗歌创作要远比想象花香更加复杂，但是诗歌创作的过程类似于一个失去嗅觉的人在头脑中想象花香的自我补偿过程。

有一种快乐，是你凭借自己的力量、不需要任何人的帮助就可以获得的快乐。还有一种快乐，是一定要和其他人分享才能获得的快乐，如果身边没有朋友，没有可以分享快乐的人，那么这种快乐就不是快乐，甚至还会变成忧伤。

我的朋友！虽然我是一个人，但我并不能完全一个人孤独地生活，我需要可以分享自己快乐的朋友。就好像我一定要把在我头上被风吹动沙沙作响的树叶、在河流中奔腾的河水描述给你们听一样。我想和你们分享我在大自然中生活的点点滴滴、所见所闻，分享我内心的感受以及我的快乐。我的职责就是把它们全部都记录下来然后分享给你们。我不能只一个人感受这无尽的欢乐，我要一直寻找你们、呼唤你们。我现在很着急，我也感到很害怕，因为生命的河水在一点点流逝，流向大海，我们也在慢慢变老。最终我们会被永远地分开，再次孤独地生活。

我在呐喊！但是在金黄色的沙漠中，我的呐喊声又向我回传过来。我像是最古老的原始人用黏土做出了第一个容器一样，为了我的朋友，我要把生命中那些一闪而过的生命力量都放在这个容器之中。

容器也好，作品也罢，其实都是一样的：容器是用水和黏土制作成的，而我的作品是用我的灵魂和语言编写而成，我用文字描绘出它的形状。

***

我在莫斯科市亚基卡曼区的街道上散步，不知不觉走到第42栋楼前，随后往院子里看了一眼，我的小汽车在院子的板棚里停放了许多年。我一直喜欢汽车，汽车给予我的快乐远远大于人类带给我的快乐。

直到去年我才不再自己开车，而是选择乘坐出租车出行。我不再开车，是因为我感觉汽车对我来说更像是一个沉重的包袱，当我不再开车，把这个包袱从身上卸了下来之后，我感觉这种没有汽车的生活是如此美好，我很喜欢这样的生活方式！

那自己的生命呢？如果很多年后，我老了，到了要和自己的生命说再见的时候，是不是也能像对自己的小汽车说再见一样呢？

当我不得不和自己的生命说再见的时候，我不会感到可惜和遗憾，因为在我看来，这是一件很美好、很幸福的事情。

很奇怪的一件事情是，如果有那么一天，我的生命要走到尽头，我并不会为此感到遗憾和可惜。我想象着假如有那么一天我不能再继续写作，我会抓狂的，会觉得这完全是一件不能发生的事情，因为只要我活着，我就得继续写作。在我看来，我的创作要比我的生命更重要。

从房屋的烟囱里徐徐升起笔直的炊烟。雪一直在下，无论雪下了多久，下得多大，都无法阻断上升的炊烟。我在生活中的真实感受就是我不能停下创作的脚步，就像这无法被阻断的炊烟。

如果你不把自己这艘小船放置到波涛汹涌的大海中去感受一下巨浪的力量，让你自己在大海中得到证明，那么无论你想得再多，自认为小船有多么的结实牢固，都是徒劳的。我这样想对吗？

我把自己置身于一眼望不到边的森林中，围绕在我周围的是许多百年老树粗壮的树干，我脚下的草地鲜花盛开，长满各种各样的蕨类植物、苔藓植物，可以听到溪水潺潺流动，林中各种飞鸟在天空中盘旋，好奇地看着我，身旁的小松鼠用爪子摆弄着沉甸甸的球果。这一切都是那么的真实，我想象中的事情也得到了证实，这一切都好像是在对我说：“你想的是对的！”

我来到这里，站在人们中间工作，看看他们正在做的事情和自己正在做的工作——我知道我做的一切都是正确的。

米哈伊尔，请继续思考吧，把你这些在现实生活中产生的各种想法都如实地写进这本书中。让所有的人都能读懂它。和各族人民，和不同文化程度、不同年龄的人们，其中包括老人、孩子、俄罗斯人和外国人，和他们进行一场心灵的对话吧！

***

今天早上下过小雨后，大自然展现出勃勃生机，我好想记录下这一切！特别是当你感觉到周围的一切都是那么美好的时候，是一定要动笔写作的，否则你写出来的东西一定是不真实的或者是废话连篇。

在我看来，当我精力充沛的时候，我写出的大都是新颖且富有原创性的作品；当我心情不佳的时候，我写出的东西大都是那么的悲观消极甚至老调重弹。

就像昨天，天本来是雾蒙蒙的，后来阴霾散去，晴空万里，晚上天空有一轮明月。

天气和人的感激之情是相似的：只不过一个来源于大自然，另一个来源于人的内心。人的内心的和谐感其实也是因为人拥有一颗感恩之心。

在这样一个美妙的早晨，我怀着感恩之心，感谢金合欢树给小鸟们准备了美味的褐色荚果，感谢硕果累累的枞树给松鼠们准备了丰厚的礼物，感谢人类经过一代又一代的努力流传下来的每一件物品，包括桌子、凳子、装满黑色墨水的墨水瓶和我用来写作的纸张……

……在这个有露水的清晨，我感到十分开心，人类经常在内心出现的忧愁之感并没有扰乱我此刻的愉快心情。天色还早，所有那些自认为不幸的人还沉浸在睡梦中，又有什么能影响我的心情呢？当他们睡醒开始悲伤难过、怨天尤人、抱怨命运不公的时候，我再来感受他们的痛苦也是来得及的，那时清晨的露水早已干涸。

所有抱怨命运不公的人，请你们不要责怪我！

狩猎沙锥鸟。每到黑麦脱粒的时节，沙锥鸟就会从四面八方飞来。这边有一只，那边有两只，多得数不过来。这也就意味着秋猎的时候到了。

一提到在秋天狩猎沙锥鸟，我就会产生一种惴惴不安的感觉，这种感觉在春天也会有，只不过这种不安感在秋天和在春天最大的差别在于，秋天的不安感要比在春天产生的不安感强烈得多，因为一看见有如此多的沙锥鸟，你就想抓住从自己身旁飞过的所有沙锥鸟，从这边扑向那边，不希望放过其中的任何一只！

在初秋，担心的只有这一件事，就是害怕错过任何一只沙锥鸟！而其他事情在初秋都没有这件事重要，完全可以忽略。

我很珍惜黎明前的时光，此时此刻我是无比幸福的，黎明前我有一个小时的时间与灯光为伴，等待黎明的来临。沼泽地周围此刻半明半暗的景象对我来说是尤为珍贵的。

我站在黎明前被黑暗笼罩的夜空下，倚靠在用来划分已收割完毕的黑麦田和布满塔头墩子[1]的沼泽地之间的栅栏上，时不时从枪的瞄准镜里往外看。根据我的经验，在黎明时分可以猎到更多的沙锥鸟。你可以想象一下，它们在黎明时分多得就像是从黑暗和露水中变出来的一样。

我松开了狗脖子上的拴狗绳，让它撒欢跑，我已经没有时间再继续沉思和冥想了；放牧人已经起床了，再过一个小时，最多两个小时，他们就会出来放牛。当然，我的听觉很敏锐，我可以听到秋天黑琴鸡的咕咕声和在我头顶飞过的灰鹤的叫声。一切的等待都是值得的——在我周围出现了粉红色、淡蓝色、青绿色的光，这就意味着，太阳要升起来了。

我用全身心感受这个温柔的，让人精神焕发、思维倍加敏捷的早晨。但我要行动起来了，我刚刚熬过了漫长的黑夜和满是露水的清晨，我在做着猎前准备，我得快点儿了！

远处传来牛群发出的哞哞声，牧童走在最前面，在他之后有很多红色的、黑色的、棕褐色的牛，还有很多羊，跟在牛群和羊群后面的是一个拿着大烟斗的老放牧人。

牛群，羊群，你们快走吧，快走吧，把草地上的草吃干净！我坐在一个土墩上，一边抽烟，一边休息。

这样真好，在黎明来临前披着衣服直接从床上爬起来，打开

1 湿地类型属草本沼泽中的苔草沼泽。沼泽地里各种苔草的根系死亡后，经过周而复始的生长与腐烂，在与泥灰炭的结合下，形成了一种高出水面近一米的草墩。——译者注

房门径直走到黑漆漆的大自然中去，捧上一捧刚刚从云端飞落的软绵绵、蓬松松的白雪，用它们来擦拭脸和脖子，然后回到温暖的屋子里，感慨道：“这雪的味道真是好极了！”

是的，如果吃饱喝足之后待在温暖的房间里，灯光明亮，那么这样的冬天我觉得远比夏天有意思得多。

***

一些读者认为，我总是看起来精神饱满、容光焕发，那是因为我平时吃的食物营养丰富和我非常喜欢在大自然中散步，我能呼吸到新鲜的空气。一个读者写信给我：“您看起来气色很好，可能是习惯在森林中生活的缘故吧。您狩猎的情况如何呢？”

我总是礼貌地回答道：“生活在森林中和喜欢打猎是最有益于身体健康的事情。”我喜欢森林！我热爱打猎！如果人们来到到处是沼泽和蚊蝇众多的森林中打猎，牛虻的歌声会始终陪伴着他们！即便如此，我还是很喜欢打猎！我用大家眼中看似平常的狩猎行为来掩盖我狩猎的真正目的。在狩猎途中，我在小枞树球果中，在松鼠身上，在阳光透过林间缝隙照亮的蕨类植物上，在长满了鲜花的林间空地上，找到了真实的自己。

把发现和寻找真实的自己当作我狩猎的真正目的，这是否可以直接讲给别人听呢？

当然，直接讲出来是没有人会理解的。但当你有了一个狩猎的目标——要猎到一只山鹑，这时你就可以以此为由，把打猎描述成一个可以净化人内心世界、找寻自我的过程。

我看起来容光焕发、气色很好，并不是因为森林沼泽里的新鲜空气，也不是因为吃了许多营养丰富的食物——我吃的都是最普通的食物。我气色好是因为我一直对未来满怀希望，我总是为自己能有新的发现而感到开心，希望和快乐就是我的精神食粮。当布谷鸟问我“你还能活多久”这个问题的时候（其实我以前也想过这个问题），心中或多或少已有答案，但布谷鸟并没有问完，就飞走了。

森林就像一本书，人们不应该只从上往下看，而是要走进森林里仔细观察。想要做到这一点其实并不容易，因为大家都喜欢站在山顶往下看的感觉。你需要付出很多努力，才能让自己心甘情愿地看向自己的脚下。你需要谦虚，要把自己的姿态放低，或许这样做会让你感到痛苦。你要感觉自己是一个很渺小的人，和那些飞过高山峻岭的鸟儿一起厌恶那些自命不凡的人。

当你极度不情愿、闷闷不乐地看向自己的脚下时，你发现了一个小小的奇迹般的生命，比如一株羊齿草，它的叶子结构是如此复杂，颜色又是如此嫩绿，最重要的是，它已经长得很高了，但它叶子最尖端的那一小圈至今还没有完全舒展开，它在努力地向上生长，想从叶子下面为自己开辟出一条路。我看到这株羊齿草时感到很高兴，它奋力生长的样子让我想起普希金的作品《沙皇萨尔坦、他的儿子——威武的勇士吉东大公和美丽的天鹅公主的故事》中的小主人公，他是如何通过自己的努力打破桶底，最终重获自由的情景。

我怀着异常激动又无比惊喜的心情，良久地凝视着脚下的动植物，这时我看到了一根绒毛，我下意识地抬头向上看，这时我看到了连绵不绝、高耸入云的山峰，好一幅美丽的画卷啊！我欣赏着眼前自然的美景，全然忘记了刚才看到的那根绒毛和一切烦恼。

***

森林里天最黑的时刻不是在午夜，而是在天快亮之前。

一个人说道："天太黑了！"

另一个人抬头看了看天回答道：

"黑吗？那就意味着天马上就要亮了。"

我相信一切会变得更好，并带着这样的信念前行，同时我用怀疑的眼光审视我前进的道路。

人在深信某物前通常会先用怀疑的眼光去审视它：他先在主观上怀疑一件事的真伪，然后带着自己的论点和主张去向其他人寻求答案和帮助。同样，在生活中，人们也会不断地遭遇各种不幸的事情，而坚强的人很容易忍受这些不幸，他们会默默地承受生活中的各种不幸，不让别人知道。

但是，在经历了失败和痛苦后，快乐和喜悦就会随之而来，这种快乐似乎不只是一个人能感受到，而是所有人都能感受到。感受到幸福和快乐的人们这时就会奔走相告，他们获得了来之不易的快乐。

怀疑、失败、不幸、抑郁——这些都是一个人一生中必定要承受的情绪，成功克服了这些情绪后，它们就会消失不见。而肯定、珍贵、成功、胜利、美丽、新生命的诞生——这一切积极的力量都会像小溪一样向你奔赴而来，使你生命力旺盛、活力四射、精神抖擞。

当我发现自己具有写作才能时，我是如此的高兴，以至于在之后的很长一段时间里，我都坚信，我可以为每一个不幸的、孤独的人找到一条通向世间快乐的道路。这一发现使我把积极乐观、充满希望作为自己文学作品的主要基调。

III. 思想

诗歌被视为思想的雏形。

我凭借着内心的笃定而活着，在我的内心深处，所有转瞬即逝的事物都潜藏在无言的思索中。在我的艺术创作中，既有成功的作品，也有不成功的尝试，它们交替出现。通过这些尝试，我试图把内心真实的感受归结于思想的话语中。

我和一位年轻批评家一路同行，他说我创作的《林中水滴》与传统意义上描写景色的文学作品有区别，因为传统文学作品中往往单独描写景色，即使在屠格涅夫的作品中，也是对景色和情节进行单独描写。但是我的作品并没有把景色和情节分开，所以我这个作品与传统意义上描写景色的文学作品有区别。

“如果与传统意义上描写景色的文学作品有区别，那么我的作品属于什么类型呢？”

“我也说不清楚……”

“您要知道这是内心的声音。”

心灵智慧。我们俄罗斯人俗话说的“智慧”一词，与外文翻译出来的“智慧”一词的内涵其实是不太一样的。后者往往是指“才智”，而我们所说的“智慧”并不依赖于所获得的教育程度、智力的发展水平，以及其他一些与其说是智慧但不如说是小聪明的东西。

我们所说的智慧的第一个属性，也就是先天具有的性质，即天赋或天资。它的第二个属性一定是与我们的内心联系在一起的。因此，在我们的语言中，对“智慧”一词的理解被分成两个部分：其一，来自才智的一部分，更接近机智；其二，更接近智慧的一部分，也就是更接近内心的一部分。

一个人内心的想法是这个人内在最宝贵的财富，应该单独为研究人内心的想法创建一门类似政治经济学这样的学科，专门用来研究人的精神世界。这门学科应包含如何创造、保护、消耗内心的想法和由它产生的对世界的关注。

心灵工程师认为,内心思想的力量是精神得以建立的唯一力量。

***

普希金认为，才能是一个无法用语言解释清楚的概念。但最难解释的还是诗人的创作天赋。这是一种特殊的感觉，像是一种灵感可以在其中形成结晶并沉淀下来的过饱和溶液。

才能是一种可以让其他人接近自己的能力，你对他人表示的赞同就像是对自己的赞同一样。诗人的才能同样是一种被转化为文字的爱的力量。

把自己内心的感觉输送至大脑，这些感觉在大脑中会被仔细地研究、加工、整理、补充，经过像是一潭死水的大脑补充加工后，这些感觉会被再一次允许与内心的那潭活水汇集，然后这些感觉会被再次输送至大脑，最后它会被作家用黑色钢笔写在白色纸上——这就是作家的艺术创作过程。

***

有一些前后连贯、不断复现的话语，就像是一条可以通向自己内心的小路。

莱蒙托夫的诗歌中存在着如此多智慧，每个诗人都与之作斗争，并像服从机器一样服从这些智慧。诗人的这种智慧与战士的骨头、做匕首的钢材一样。诗人并不是在有了某个确定的思路后才创作出诗歌，诗歌的创作始于某个特定的时机。例如，在你眼帘中出现了一张你很想在上面写点什么内容的废纸，然后你开始动笔在纸上书写，一首诗就这样被创作出来了。

我今天发现，在自己心中酝酿、思考了很长时间的东西，会很容易被写出来。如果不先把难写的章节写出来，那么其他的章节就只能停留在大脑的构思中。重要的是，当你写的东西是自己很感兴趣的内容时，那么它就能很容易被继续写下去，为你继续写下一部分内容奠定基础。

我一回到家就会立刻开始动笔写作，并一口气写完想写的全部内容。

说个秘密吧！愚蠢在诗歌中是完全有必要的，它就像是春天里地面上的水洼一样。而诗人要做的工作就是把读者带到这个水洼跟前。在这个水洼中，每个人都可以找到自己的影子，并惊讶地自言自语：“要知道我认为这是很愚蠢的。”随着心灵变得越来越强大，他惊喜地发现自己和周围的人一样，以前完全读不懂的聪明人现在也可以理解了。

万物的开端一定是从愚蠢开始的，这里的“愚蠢”一词意味着缺乏逻辑分析的能力。直到生命的最后，我们都需要有逻辑地分析和思考事物，这也是一个人成熟的标志。当一个想法再也思考不下去的时候，它就走到了自己的终点，就会死去，然后从这张旧蛇皮中诞生出一个新的、鲜活的，同时又是一个愚蠢的新提议。

在这个意义上，每一个刚刚形成的新想法都是愚蠢的。在童话故事中，经常会故意这样愚蠢地开头：“很久很久以前，有一个老奶奶，她有一只灰色的小山羊……”

值得注意的是，任何一个你刚刚创作完成的故事，都能让你感受到一股愚蠢劲儿，而这种感觉就好像是一条刚刚蜕去旧蛇皮的新蛇。

每一个伟大诗人创作的顶峰都是与孩子的内心世界相联系的。也许，民间文学也是这样产生的——一个没有展示出自己样貌的人民诗人，用自己最好的作品触碰到了人民精神的最高点。

创作出一本适合儿童阅读的书籍，对经常写成人作品的作家来说是一种考验。

在很多情况下，天真可以被看作一股不可忽视的力量。要知道，天真的人对那些离我们很近，甚至连傻瓜都能分辨清楚的事情会选择视而不见。但是拥有这种天真特质的人，虽然会忽视很多近处显而易见的东西，但可以看到远处那些常人轻易观察不到的东西。

如果一个人不再天真，那么他就不可能重获天真，因为天真是不可逆的。

天赋异禀的人一般来说不会是一个非常“聪明”的人，因为徒有聪明就意味着刻薄和冷漠，而有天赋的人如同暖和的床铺一样会由内向外散发着热量，这与聪明人的冷漠有着天壤之别。

如同雨后的地面会变干一样，你在打猎时会出很多汗，不久汗水会变干。在这之后你会再出汗，汗珠密密麻麻，就像小草透过被汗水浸湿的衬衫，衬衫上遍布汗渍，仿佛在小草上覆盖了一层蜘蛛网。在寒风刺骨的早上，蜘蛛网上出现了许多细小的晶莹剔透的露珠。

这时，在你脑海中，无论是曾经从书上读到过的至理名言、经典片段，还是臆想出的新奇故事都消失不见了。如果此时脑海中突然灵感闪现，请你一定要相信它！这个从你脑海中冒出的想法，就像是树桩上长出的青苔。

***

如果你是一位诗人，即使你很熟悉一些人和物，但当你再一次看到它们的时候，都应该表现出好像从不认识一样。因为初次见面的感觉是诗歌创作的源泉。

诗歌是字里行间没有“智慧”字眼的来自思想的馈赠。

别人的思想总散发出一种冷漠感，它就像是一颗曾经燃烧过的星球，但现在火被熄灭了，它成了一颗冰冷的、需要借助其他光源才能被照亮的星球。

但在世界上还有一种没有被任何人表达出来的思想，就像是一颗星球，在这颗星球上还未发现有生命的生物。这是一种尚未被发现的思想，但我们可以感受到它的存在。

在我看来，如果我没有弄错，我们创作出的真正的艺术作品就是这种尚未被探索出的思想在作家的冀望与对未来的期许中的可行表达。我认为社会主义的本质即对真理的思考。

一个想法出现在我的脑海中，它就像是在大雾天一闪而过的彗星的尾巴。当灵感闪现，我马上就能感受到它发光的尾巴，但它不会附带具体的内容，就算有，我也记不清楚。人们觉得，作家既然有了灵感，那么根据这灵感迟早能写出诗篇，这种说法其实并不完全正确。

***

异常干燥的九月就要结束了，日子一天天过去，像是树上的枯叶被风一吹就飘走了。

我轻轻放下缰绳，我的小马驹就碎步小跑起来，消除了我的烦恼。

长长的林间小路就像是我的思绪。虽已是深秋时节，但略带凉意的天气并不会影响我的思考。

蘑菇已不见踪影，蚂蚁也进入了冬眠期。

每个人都知道应该忘记痛苦，但很少有人明白，每一次成功和幸福也都应该被迎接，然后把这些已获得的成就打包放进自己的储藏室，尽快忘掉它们。

快乐和痛苦都应该被忘掉，但要清楚在快乐和痛苦中存在的思考是永恒的。

在我生命中的很长一段时间，我被来自灵魂深处的许多枚子弹击中，它们在我身上留下了许多伤口。当我生命快要结束的时候，这些数不清的伤口开始渐渐愈合。

哪里曾经有伤口，哪里就会迸发出思想的火花。

***

艺术家很难用演绎推理法去表达自己的思想感情。但艺术家拥有一种特殊的抒发胸臆的能力，这就好比虽然你想不起来一个人的姓名，无法向别人解释这个人到底是谁，但你能真实地感觉到这个人的存在。

艺术家是默默拥有这种能力的人。艺术家借助艺术手段向我们揭示了思维本身的奥秘。

相比于各种类型的艺术家，最难有成就的是文学家，因为要在文字中表达思想感情是一件非常困难的事情，想法很容易被逻辑思维取代，并被扼杀在最初的摇篮里。

你的脑海中出现了灵感，随之形成一个新的写作思路。但如果你顺着这个思路继续思考下去，到头来却发现自己什么也写不出来，因为光有思路是远远不够的，它只是一个美好的愿望。

如果在这期间你能适时地抓住时机，把写作的意愿转化为现实，那么很快在你的脑海中就会出现一个清晰而明确的想法。如果没有抓住这个可以让你的生活变得更加丰富且有意义的时机，让灵感白白溜走，这真的会很遗憾。

你必须学会从外向内地审视自己，同时也是为了保持你内心的温度。

***

当你坐下来写作时，当你的脑海中还不清楚要写些什么内容的时候，请你不要放弃，你要相信你的笔，只管往纸上写字就好了。有时，相信笔，你就会写出一些以前从未想到过的内容。

沙里亚宾就是这样的一个天才，这样的天才是不可能被臆造出来的。

天才注意到的东西往往都是常人发现不了的，但有天赋的人也不是完全自由的，因为他是自己才能的囚徒（一生都在为自己拥有的天赋而服务）……

我认识一个十分聪明的人，他就是沙里亚宾，他完全是一个天才。

我第一次见到沙里亚宾并不是在剧院里。这个天才端着一杯红酒坐在那里，显然他被一件不那么愉快的事情弄得心情十分低落，什么饰品都没有戴，甚至没有穿活衣领。这间屋子里除了高尔基、沙里亚宾，还有另外十个人，他们谈论着一些琐事。

沙里亚宾像是在做梦一样突然说："如果我没有这种演技，我现在就会住在喀山，逍遥自在地追赶鸽子。"

高尔基提示他继续谈谈关于鸽子的事情。就这样，饭店里的这些人谈论了两个小时有关鸽子的话题。然后他们一起来到沙里亚宾的家里，一直谈论有关喀山、牧师、商人的话题，直到天亮。他们没有得出任何结论，但交谈的过程一直充满了爱和欢乐。

一番交谈过后，高尔基询问我对沙里亚宾的印象。我回答说：“我认为他是一个神，可能是某个田野里或某个森林里的神，但他绝对是一个真正的俄罗斯的神。”而高尔基听了我的话甚至流下了泪水，并说：“请您等一等，他还没表现出最好的状态，有机会您会见识到的！”

这个晚上我产生了这样的想法，对高尔基而言，沙里亚宾不仅仅是伟大的人民艺术家，是希望与宽慰，同时他还是家乡的象征，代表着家乡的一草一木，是肉眼可见的现实世界中的存在……民粹主义者的故乡在农夫那里，斯拉夫派的故乡来自教堂，梅列日科夫斯基的故乡源自普希金，而高尔基的故乡则来自沙里亚宾，但并不是那个著名的歌唱家沙里亚宾，而是那个如天神一般存在的沙里亚宾。那个沙里亚宾如白色巨石一般，一尘不染、巍峨巨大，其底下则是隐藏在塞西亚草原上无穷无尽的珍稀矿藏。

天赋不是被创造出来的，而是与生俱来的。动物拥有的所谓“本能”正在于此。大概每一个新出生的人都拥有某种特定的天赋。当我使用自己的天赋时，我发现自己与生俱来的天赋是不用学习就可以理解万物。我认为太阳是生命之源，我也赞美大自然。

Ⅳ. 关注

不仅精力和体力可以被看作生命的源泉，而且天赋的各种表现形式也可以被认为是作家创作力经久不衰的源动力。

关注的特殊属性在于它受意志力的支配，关注可以被控制，而且它不仅可以被用来做好事，也会被用来做坏事。

关注本身是一种被动、消极的状态吗？不，它是一种积极的状态。当人们要强调某件事情时，会说“他关注到了”或“他考虑到了”。

这就是为什么关注是创作力的基础。

创造性行为的基础在于时刻保持关注。我注意到，在我旅行的前三个月，我可以发现身边所有的新鲜事物。在这之后，无论到哪里，我都感觉自己像当地人一样，再也没有什么事物能使我感到惊奇和意外了。

***

涌入大脑的思想就像拍打岸边的海浪。前浪退去，后浪又不断涌来。而你关注的是如何留住海浪，不让它再回到大海。

走入潮湿的森林。一滴水从高大的枞树上滴落，滴在了紧紧围绕在树干周围的蕨类植物上。我注意到这滴水让接住它的蕨类植物微微地颤动了一下，而后，布满皱褶、好似被犁耙过的老树的枝干，一滴水就可以让它们互诉衷肠——异常敏感的蕨类植物，周围密密麻麻生长的景天——这一切都井然有序，足可构成一幅图画。

一个久悬未决的问题始终萦绕在我的脑海中：是什么创造了我面前的这幅画面呢？是落在蕨类植物上的水滴吸引了我的注意，还是要感谢我内心的秩序感，让一切都按照图画的顺序排列？我觉得，最重要的是，我的内心在这个早晨感受到了一种有序的幸福感。坠落的水滴吸引了我的注意，内心的秩序感引出了这幅画面，也就是说，外在物体的陈列与我的内心的秩序感刚好达成了一致。

关注是精神的主要供给站。每个人都能在自己身上发现一些特别关注的东西，把它们折叠储存，丝毫不给记忆带来任何负担。简单来说，就是我们什么都不用想，直到有什么东西吸引了我们的注意力。这时我们的大脑就会被唤醒，类似于植物的“休眠芽”。然后两者瞬间结合在一起，这种难以察觉的意识有时会变得非常清晰，以至于有人会拍着自己的额头，大声对自己说：“原来是这样啊！”

关注是灵魂的滋养源头。不论是大人物还是小人物，所有人的灵魂都是一样的。唯一的区别是找到关注对象后，大人物会感恩地举起双手，而小人物会打着响指，吹着口哨，跟着猎物奔跑。

***

刚下的雪和暖和的天气。走在大街上，我注意到自己的脚步，我小心翼翼地、安静地走着，希望我走路的声音不会影响到自己的注意力。

在船上也会有类似的情况发生：你坐在一艘轻型的帆布船上，当你保持固定的节奏划动双桨时，你关注的可能并不是如何使小船前行。此时你放飞你的灵魂，它像一只蓝色的蜻蜓，在波浪上、在草地上、在花朵上低低地自由飞翔。

这时，如果你手边刚好有个本子，你只需把你此刻的所思所想照实记录下来就可以了。这就是艺术家创作作品的真实过程。

采蘑菇可以很好地培养一个人的关注力。因为如果不细心观察就采不到蘑菇。

这就是为什么人们常说“命里有时终须有，命里无时莫强求”。

休养所的四周是广袤无垠的大森林，生活在大森林中的我们没有一个人知道哪里是国家的土地，哪里属于集体农庄，哪里属于休养所，并没有清晰的界线。

不久前，上级下达了一项法令，规定休养所需要用栅栏围起来。我们的休养所资金充足，便用质量很好的栅栏把外墙围了起来。这些栅栏都是用金属管制成的，这些金属管被焊成许多小正方形，小正方形内的对角线也用金属管焊接而成，在栅栏的最上面焊有锋利的箭头以防外人攀越。这个看上去既高大又豪华的金属栅栏表面被涂成了绿色。

虽然绿栅栏陷于整片大森林的绿色中，但它仍然发挥着自己的作用。绿栅栏围起的这片林子和栅栏后面的森林甚至在名称上也被区分开来：被围起来的林子被称为休养所林园，栅栏后面的森林仍然是未经开发的野生森林。

就这样，在这个曾经是连成一片、一眼望不到边的大森林中，一切都被区分开来。

昨天我在尤苏波夫宫透过栅栏的小正方形看向外面的整片大森林，突然明白了栅栏的魅力：把所有被看到的东西围上了边框。因此，栅栏和边框的作用就是可以集中我们的注意力。栅栏的魅力即注意力。

艺术创作的关注力也在于此，看到的内容即“全部”，也就是将其放进边框里。凭借于此，被抽离和限制的“全部”就容纳在“部分”中。通过艺术家的创作，这一“部分”就获得了代表“全部”的正当权利。

所以，关注即是将整体寓于部分中 将整个宇宙纳入清晨鸢尾花上一滴闪亮的露珠中。

***

让我们再回到“沉默”这一话题。沉默就是不再关注他人，只是自己与自己对话。请求沉默也就是请求对人加以关注。

对话有着自己的绝对优势，而关注他人可以结交朋友。难怪人们常说，谈话是银，沉默是金。

一个人必须把烦恼和忧虑留在家里，内心充满了对快乐的渴望，要花时间去林中散步、思考和倾听。这时，你会注意到所有的动植物都对你的关注做出了回应，如一些天蓝色的风铃草向你点头，松树下一块长满苔藓的平整地邀请你过去坐一坐，一只松鼠向你调情并向你抛过来一个球果。

你需要认真观察自然并以人性化的方式进行思考。当你迷失自我时，这些奇妙的动植物就会出现在你面前指引你，它们身上闪耀着五彩缤纷的露珠，兴高采烈地微笑着，帮助你找到正确的道路。

我相信这样的情况是真实存在的，所以我允许自己思考任何我想思考的东西，甚至会思考被禁止思考的东西。

我随心所欲地思考，如果思考得不对，我相信大自然会纠正我，告诉我应该如何正确思考。

V. 艺术即行为

作家的困难不是收集写作素材，而是不让自己被这些收集到的素材影响。

我想起了一个故事。一位在房屋爆炸中被埋的老人，在废墟下清醒过来，摸索着找到一个完好的装有茶水的暖瓶，渴得不行时就喝一口，尽可能节省地喝。四天后，他被救了出来。

作家面前现在有一堆厚厚的材料，他的主要精力不应该集中在这些被收集的写作素材上，而是应该思考如何才能把一个故事描写得生动、感人、活灵活现。

我的朋友们，问题的关键在于，当你拥有美好的愿望时，你不应该只是机械地完成自己分内的工作。你要留出一些时间给那个被大家称作“生活”的力量，你需要对它进行反思。在你进行反思的每一分钟、每一小时、每一天中，你甚至应该直接放弃自己梦寐以求想要达到的既定目标。怎样才能真正地做到呢？这里需要一整套的生活经验，没有必要出于骄傲而断绝与生活的所有联系。应该拒绝的那部分工作即使没有你的参与也能顺理成章地完成。当你休整好重新回到工作中时，已经做好了充分的准备并能愉悦地把剩下的工作继续做完，这样你就能自然而然地达到预期目标。

***

我的一生中一直有这样一种潜在的需要，即我需要一个可以持续不断地带给我快乐、让我精神饱满且滋养智慧的源泉。凭借这一点，我在生活中不断地进行自我品德的完善，并期待创作是可以带给我快乐的源泉。事实证明，在诗歌中我确实找到了它。

但这个创作的源泉并不是很稳定，它时隐时现，有时还受一些外部因素的影响。诗人并不是完全自由的人，只有在“美好的词句传至敏感的耳朵里”[1]时诗人才是完全自由的、不受约束的。而我一直寻找的便是一个可以持续提供快乐的源泉，我一直在寻找它的路上，这是一个伟大的壮举。

在《艺术即行为》这一章节中，我试图将诗歌变成一种壮举，把写诗变成一件“神圣之事”。

我想把像控制机器一样控制我创作的骄傲尝试远远地抛之脑后。但我经过仔细研究发现，只有当我的人格是完整的时候，我才能创作出不朽的作品。

我把这种需要有完整人格的认知和对完整人格的保护践行到了我的创作实践中。我没有像控制机器一样控制我的创作，但为了能够让自己写出经典的作品，我的文字艺术变成了我的行为。

***

今天我起得很早。在这个有露水的清晨，伴着夜莺甜美的歌声，

1　出自普希金的诗作《诗人》。——译者注

我感到心旷神怡。现在我清楚地知道自己焦虑和软弱的来源：它们出现在当你准备要忘记它们的时候。

全情投入的能力就意味着可以获得更多的自由，当然还包括更大的能力。在忙着处理自己的事情时，你不会觉得这是在浪费时间，因为把自己的事情预先整理好的人很少会遇到占用时间的突发事件。

越是安静地骑自行车，越可以看到更多的生命律动。甚至骑完自行车后你还没有来得及回过神来,你就将开始了解生命的奥秘。

掌握开车的技能，并不只是学会简单地转动方向盘就可以了，而是要学会在下车后快速地回归自我。

脑子里充满了各种模糊不清的想法，但当眼睛看到了一个物体时，脑子里那些本来模糊不清的想法，因为这个物体的出现，突然变得清晰了。你满心欢喜地对自己说：“原来是这样啊！”

于是有人开始描述这个物体，其他人通过他的描述又重新认识这个物体，好像从遗忘的尘埃下又把它挖掘出来一样。

但如果你自己没有亲眼看见那个事物就对它进行描述，那么你的描述一定毫无新意且内容枯燥。

***

有人向作家询问“创作的秘密”。在我看来，这就好像是在要求公山羊产奶。公山羊的职责是好好疼爱母山羊，而母山羊的任务才是产奶。

创作也是如此。关于创作的秘密，应该询问生活本身，应当自己亲历生活，而不是去询问一个热爱生活的艺术家：“我怎样才能热爱生活呢？”

方法就是你必须走出自己的舒适圈，经过生命之火的淬炼，才能绽放出耀眼的光芒。

无论从哪个方向靠近，从哪个角度观察生命，其本质都是一样的，因为熊熊燃烧的生命之火就像可以照射到世间每个角落的缕缕阳光。

***

只有历经痛苦与欢乐，人才能形成长久留存的品质，就像生命源于大自然一样。这种品质形成的过程类似科学家们研究蛋白质的合成，是一条既诱人又危险的创作之路！

这很诱人，因为你想拥有支配它的权力，你想在自然界中占据第一的位置，像一台机器一样控制整个创作过程。同时这也是非常危险的，因为理性会成为你的敌人。

在我看来，这世界上的女人经历的最大快乐，莫过于刚刚经历了痛苦的分娩后见到自己的孩子。我认为，这种溢于言表的感情可以囊括我们在生活中经历的任何一种喜悦。这也是我想在日常行为的艺术中找到的一种感情，然后把这种感情传递给所有的人。

日出时分，周围的一切还在睡梦中的时候，我十分清醒；而其他人则是清晨睡觉，在深夜是清醒的。人们对我说：“虽然萨列里[1]德高望重，但他无法和莫扎特的名声相提并论。”

这就是问题所在。在我看来，一个人的品行是完全不能用学校的打分制衡量的。我的品行是由我创造出的东西衡量的，从这个角度看，莫扎特更像是一个真正的创造者，并没有让自己的头脑中的理性因素去影响自己的创作。

因此，我想对自己说，我的诗歌是我和人们之间的友谊，由此可以推断出我的行为。我在写作，意味着我在热爱。

某位年轻的作家从我身边经过。我对他说：“您是如何生活的就照实写出来。来想象一下，您一边走，一边思考事情。这时您会进行自我反思，回忆自己做过的事情，想象自己给人们留下了怎样的印象。这些都是您的写作素材，您可以描写自己的心理活动，记录自己做过的事以及您是如何成为作家的。”

***

我的悲伤和快乐中存在着让我感觉困惑的东西。当悲伤的感情袭来，我感觉到的并不是某个让我悲伤的具体事物，而好像是在我的心里有一根特殊的用来感知悲伤的心弦，它被越拉越紧。这根心弦要开始演唱它自己的歌曲了。听着这歌曲你能想到什么，像脱

1　安东尼奥·萨列里（1750—1825），意大利作曲家，与莫扎特为同时代人。萨列里一直被人们质疑是杀害莫扎特的凶手。而他曾作为贝多芬、舒伯特和李斯特老师的事实，却往往被人淡忘了。萨列里是一个多产的作曲家，前后写过40多部歌剧、4部清唱剧和大量教堂音乐。他的早期歌剧风格比较老派，他写的器乐作品也不少，只是很多都没有公开发表，没有得到重视。——译者注

粒机里的麦穗一直唱着“我的爱、我的荣誉和我的俄罗斯，这一切都变成了痛苦”。

相反，当快乐的心弦被拉紧时，那么如果天气不好，我就会写作；如果天气很好，我就去大自然中散步，每走一步，都能发现奇迹。

今早我起床，感觉到心中快乐的琴弦被拨动。

“今天心情很好啊！”邻居伊琳娜站在门外对我说道。

有时我能感觉到自己心中悲伤的琴弦被拨动。

那时伊琳娜会对我说：“今天您的心情看起来不太好！”

之后悲伤的情绪一般会伴随我一整天。

但我并不想这样！不想！不想！我在寻找可以确定自己生活行为的意识。我想支配自己的心情，我希望自己的艺术是我行为的产物，而不是心灵被控制的结果。

我错过了今年的第一场雪，但我并不懊悔，因为天亮前我做了一个梦，梦里飞来了一只白鸽。当我一觉醒来，睁开眼睛，我明白是白雪和晨星带给了我喜悦，这份喜悦之情在打猎时并不总能被体会到。

白鸽拍打着翅膀从空中飞过，一个快乐的人迎着晨星的光芒，和煦的空气温柔地抚摸着他的面庞。他像一个小孩子一样请求道：“星星、月亮、白色的光，请移到刚才飞走的那只白鸽的位置上吧！”就在这个黎明时刻，就像理解地球上的每一束光、星星、月亮、太阳和万紫千红的花朵、小草、孩子以及每一种生物一样，请理解我的爱意吧！

然后我清晰地看到柯谢依[1]对待人们的那套并不聪明的把戏，它就像被白纸黑字地写下放在我的眼前，同时我在心里暗自思索：自己怎样才能成功地摆脱柯谢依的枷锁的控制？

此刻我想到一位诗人，他知道自己这些弥足珍贵的诗篇并不是生命的馈赠，他的生命是用这些诗歌换来的。诗歌才是他的生命之本。

但诗人的“身份”最终毁了他。

从另一个角度看，是怎么一回事呢？如果创作是可以挣脱枷锁，重获自由的力量，那么同样，创作也可以铸成枷锁。如何保持创造力直到有直面死亡的决心？

反思的同时也能体会到，创作力得以完好地保留下来，就如同地球上的各种生命形式历久弥新。于是又出现了一个简单的问题：有的人有意识地少生孩子以减轻生活负担，生活过得毫无乐趣，如一潭死水，有的人则生个没完没了，乐此不疲。

保持这种简单生活的秘诀就如同耕种，它会让我感到十分快乐，而其他人却对此毫不羡慕。因为在他的脚下同样也有田地，他的手里同样握着木犁，马的身上也拴着绳子，这一切都是一模一样的，不一样的是我一边耕地一边哼着歌，而他呢，一边耕地一边大

---

1 柯谢依，又称“不死的柯谢依”，他是一个凶恶的魔法师，也是一个骨瘦如柴的老头。柯谢依是俄罗斯魔幻童话中最具代表性的反面形象之一。——译者注

骂不停。

创作的秘诀应该在爱情中找寻。我们都记得，当我们身边的某个朋友坠入了爱河，他会觉得这个世界上所有的人都是好人。因此，在创作中需要的是思想，但只有思想也是万万不行的，准确地说需要的是身心、头脑和毅力的融合。

可以像阿纳托尔·法朗士[1]那样，把写作当作一件可以让人感觉到被教育、被锻炼的事情。也可以像俄罗斯人那样，先提出一个问题，然后与朋友讨论，通过这种方法继续写作。

***

重复阅读小说是一件没有意义的事情，而诗歌却需要反复阅读。写小说和读小说都是非常容易的事情。

小说是轻松的诗歌。真正的艺术是一种深刻的内在行为，这种行为产生的原因就是人们对流芳百世的渴望。

人们没有发现他们喝的河水上游一直有源源不断的泉水注入，这些一直未被发现的泉水就是这条河的源头。作家写作也是一样，他是凭心来写作的。我们不禁要悄声问道："他的内心深处有什么东西是支撑他可以不断创作出作品的源泉呢？"

很多时候，一个出色的作家的内心深处什么都没有。而且我还把诗歌比作一个曾经有嫁妆的新娘：新娘的背后是什么，诗歌的

---

1 阿纳托尔·法朗士（1844—1924），法国作家、文学评论家、社会活动家。1873年出版第一本诗集《金色诗篇》，尔后以写文学批评文章成名。1881年出版《波纳尔之罪》。1921年，法朗士获得诺贝尔文学奖。——译者注

背后是什么，作家的内心深处有什么呢？

所有的人都知道普希金、莱蒙托夫、费特、布洛克是有内涵的作家。而现在当我们谈到许多能叫得上名字的诗人时，大家都会异口同声地说：“写作对他来说是一件很轻松的事情，他写的故事也很有趣，只是他写的作品无法引人深思。”

你可以是一个酒鬼，你可以做任何事情。但如果与此同时你创作出了诗歌，我们就原谅你荒唐的行为——既有对诗歌而言是不可理喻的行为，也有帮助你走进诗歌的行为。

天赋和大自然的力量一样并不被重视，只拥有天赋的作家通常生命短暂。重要的是，天赋冲破了重重阻碍。

影响天赋展露的最主要障碍是缺乏逻辑分析能力和羞耻心以及道德观。的确，要知道天赋是一种自然力量，它的行为与逻辑和道德相悖，就像流动的地下泉水一样。

只有当水设法在许多岩石和障碍物之间顺利通过，它才能汇聚成河。而我们观赏的其实并不是水，而是那蜿蜒曲折的河岸。

因此，让我们感兴趣的是在小说作品中展现出来的作家的天赋，他是以何种方式把人类的智慧和公众的情感联系在一起的。

一个在睡梦中的人可以自由地创作出在清醒时创作不出的东西。疯子的谵妄有时也充满了音乐和大自然的色彩，展现出无限的天赋，只是没有得到赞赏罢了。

我有一个梦想——拥有一个花园，于是我栽种了二十株黑加仑的矮灌木，当我感到很疲惫的时候，我发现引诱自己去拥有一个花园的梦想具有欺骗性质。当我构思这个想法的时候，如果恰好有土地，那么我就会马上去做这个工作，这样，我就会成为一个伟大的园丁。但我不曾拥有花园，我开始在话语上下功夫，并培养出了一个话语的花园，以至于成百上千、成千上万甚至数百万的人将在其中行走。

这是一个很好的例子。现在写作的工作与拿锄头干活相比，我如何用词汇去完成拥有一个花园的梦想，似乎已经不那么重要了。

你会对人们说，给他们一个简单的补救措施，快去告诉他们吧！为了说出这些简单的话，你必须打开自己的心门。你在自己身上找到了一种思路，你知道它是存在的，但你不知道如何用具体的语言把它们表达出来。

大自然就是这样。动植物什么都知道，但只有人能将知道的东西表达出来。

VI. 自由和枷锁

你看那天空中自由翱翔的飞鸟，“你觉得，它们活得轻松自由吗？”

春天，鸟儿在天空中自由快乐地飞翔，它在翅膀下夹带着球果回到巢穴里，之后就一动不动地孵化小鸟。小鸟被孵出来了，它就整天忙着捕捉幼虫喂小鸟。直到把小鸟养大，鸟儿又继续自由自在地飞翔了，把找到的球果夹在翅膀下带回巢穴。在觅食和喝水时，鸟儿都不能一心一意，因为它的周围都是想伤害幼鸟的天敌，它要保护自己的孩子，需要时刻保持警惕。

在这之后，你再来看这只鸟儿，这个世界上没有比它更漂亮的东西，没有比它更自由的动物。人们常说，要像鸟儿一样自由。

自由是一个老生常谈的话题，它同时又像是一把巨大的枷锁。没有任何一个动物可以挣脱这把枷锁，获得完全的自由。

在真正的自由中，每个动物的脖子上都套有枷锁，它们用力拉车，但你根本不知道大车有没有被拉动。这个自由还可以被称为爱。不，自由其实还不是爱。自由是一条充满爱的道路。或者说，自由是曲折的生命道路上散发出的爱的光芒。

我自由的狩猎生活对许多年轻人来说是很具有诱惑力的，我经常会收到类似这样的信件："请教会我如何像您一样安排生活，可以有时间多去大自然中走一走，感受大自然的气息，享受大自然的美好，去打猎，写童话故事，这种自由自在、安逸的生活真是一件既有益于身心健康又可以陶冶情操的好事。"

我一般这样回信："几乎在每一个人的生命中都会有这样的时刻，让人们自己去选择套在自己脖子上的枷锁。如果你在自己的生活中错过了这个时刻，那你就永远都得不到自由了；如果这样的时刻还没有到来，那么就请你再耐心等一等，一定要好好利用那个可以自由选择的时刻。如果你是自己给自己套上的枷锁，你就会获得自由，如果你错过了这个时刻，别人就会随便给你套上了枷锁。

选择的枷锁大小适合自己的脖子，就会获得自由，如果枷锁过紧就无法获得自由。如果你可以给自己选择一把适合自己脖子大小的枷锁，那么你就可以像我一样，获得自由。"

一个人服务的能力也是他能否获得自由的重要组成部分之一。我为自由服务，我并不只是消耗我得来的自由。在某种意义上，我对它的服务又会使我获得更大的自由，如果我想要什么，我就去努力争取把它得到。正是这种守财奴骑士般的生活，才能使他的箱子里装满黄金，而我的袋子里装满了文字。

如果压缩空气，空气的密度就会变大，也就是我们都知道的固态空气。如果迫使一个人去计算自己的时间和珍惜自由的每一分钟，那么他在这自由的一分钟里就会奉献上一个全新的、这个世界上从未出现过的事物。

空气有固态形式，人亦有自由。在给空气加压的条件下，空气会变成固态，而人只有明白了所有的自由都是有前提的，那么他才会成为一个自由的人。

***

昨天有人给我带来了一些鸟粪，用来给草莓苗当肥料。这些鸟粪可真臭，可能是因为我住在这里，让这些鸟粪破坏了五月的清新空气。那又能怎么办呢？无论我多么喜欢五月的清新空气，但为了能让草莓苗茁壮成长，我不得不在五月里一边用鸟粪给草莓苗施肥，一边闻鸟粪的臭味。

没有粪就长不出鲜艳的玫瑰，但诗人歌颂、赞美的对象始终只是玫瑰，而不是粪——肥料。有必要留下一些肥料，把这些由完全腐烂的麦秸制成的肥料展示给玫瑰看，让玫瑰明白，在获得美好和自由的同时，它也是从这些粪便中生长出来的。

生活中最大的奥秘莫过于鲜花是从粪便中生长出来的这一事实。而你，作为艺术家，请永远记住，人们在需要粪便作为肥料的同时，也必然要闻它的气味。请你捂住自己的鼻子，培育更多芬芳的花朵吧！

但这一时刻的结局是悲惨的。

在内心深处，还是有那么一瞬间的反抗，反抗这个使我们每个人以牺牲未来为代价的斗争环境。

我不想做肥料，我想快乐地活着，带着一颗感恩的心生活，而且事实上我也是这样活在当下的：我很快乐并对我生活中拥有的一切都怀有一颗感恩的心。我可以毫不费力地为未来创造出更多的东西，而不是为了未来可以收获更多而直接牺牲掉当下的生活。

作为一个作家，或者说是一个艺术家，我感到活着也是在为其他人而活。我认为，一个人可以克制住自己在生活中的感激和喜悦之情，就像一个女人在诞下新生命后可以忍住她的激动和喜悦之情一样。但这是不可能的事。诗人存在的意义就是要为所有人讲述这不可能的情感。

***

如果以善为本生活，并力求建立一个和谐美好的世界，那么一些道德标准就会应运而生。如果一个人内心充满爱，做事也是以爱为出发点，那么他的生活就会很美好，人也会因此充满生命力。

东方人用“命运”一词解释个人经过努力后的失败。对社会主义者来说，命运是经济上的需要；对道德主义者来说，命运是责任。然而对艺术家来说，命运是无聊。因为艺术家们认为，个性的发展更重要，所以他们更清楚地把这种超个人的力量称为无聊。

例如，我们知道在描写大自然的作品中会有许多极好的大晴天，但其实这样的天在大自然中出现的次数并不多，更多的是灰蒙蒙的阴天。而美好的春天其实更多的是在令人异常苦闷的期待中度过的。播种黑麦时下的及时雨，长得茁壮的麦苗，肥沃的土壤，盛开的黑麦花，麦粒经过灌浆个个颗粒饱满，之后便是大丰收，这一切其实都只是暂时的，实际上看到的是两周抽穗，两周开花，两周灌浆，两周成熟——多么单调且千篇一律啊！而最终艺术家用自己独特的艺术创造力战胜了日常生活的无聊——这就是艺术的奇迹，也是艺术家的功绩。

艺术家通过他的创造力，改变生活的面貌，让人们感觉到生活中似乎是不存在命运这一说法的，命运既不是经济上的需要，也不是责任，更不是无聊。每个人在艺术的影响下，都会把头抬得更高，与艺术家一起分享战胜了无聊的喜悦之情。可见，这就是艺术的道德性和实用性。

要赞美森林为人类提供了这么多、这么好的木材！不应该只赞美能生起炉火的木材，而忘记森林才是它们的来源地！

诗歌像森林一样：诗歌是由诗节组成的，木材也是由木块组成的。但诗歌得以留存，成为我们心灵的一部分。

当年我为什么没有从事颓废派[1]的艺术创作，写一些类似高尔基风格的作品呢？是什么没有让我走上和高尔基一样的创作风格的道路呢？在我看来，我写的作品中有些是接近于颓废派的艺术创作风格的，因为颓废主义者们主张“为艺术而艺术”。

“为艺术而艺术”的主张本身其实是可笑、荒谬的和不合理的，但这些看似可笑、荒谬和不合理的东西也正是对艺术创作真正有用的东西。

艺术创作是现代生活的同步，它不断地变换方向，向右——是

1 颓废主义，又称颓废派。19世纪下半叶，欧洲的资产阶级知识分子由于对社会不满而又无力反抗，产生了苦闷彷徨的情绪，并反映在文艺领域中。最早表现在法国诗人波德莱尔和象征主义者马拉梅等人的创作中。——译者注

为人民、为人民服务，向左——是为艺术本身。艺术创作本身不应仅仅考虑眼前的利益。

在我那个年代（颓废主义盛行的年代），颓废主义者们发现了写作的“技巧”，那就是你必须写自己亲身经历的事。如今反而不主张写自己的事了。这两者都有失偏颇：写自己的事会导致罪恶，写别人的事会使作品超越艺术的美德，可能会导致不实的宣传。

在文字形成的艺术作品中，作家必须了解自己，并把自己的理解赋予作品中的人物。

我们现在的作家对自己并没有深刻的认知，却偏偏爱描写别人，而在颓废主义时代，颓废派的作家对别人的事情视而不见，他们只描写自己。我为了避免成为颓废派的一员，因而开始描写大自然。

***

实际上，春天天空中的星星硕大而明亮，只是因为经常下雨和起雾，我们很少能在春天看到它们。今晚天上的月亮呈月牙状，天空中繁星闪烁。春寒料峭，春水正在和严寒做着最后的抗争。

难道天还不够冷吗？但这种寒冷也是有尽头的。早晨太阳出来的时候，白色花朵上的薄冰被太阳一晒，开始慢慢融化并发出噼啪的响声，溪水欢笑着向四面八方流去。

这些薄薄冰面下的白花开得是那么美丽。在冰面下，溪水哗啦啦地流淌，并时而发出汩汩的声音，还不时地往冰面上冒水泡。看着这些白花，我不由得想到寒冷，它们就像是在汹涌流淌的水流上的白色标记，在大自然中它们仿佛是毫无用处的。既然是无用的，那它们为什么还会存在呢？

这时走过来一个人，他弯下腰一边认真分析、仔细画图，一边在猜测感悟。他把这看似无用和不被需要的白花重新放回大自然中。在大自然中，它拥有最伟大的艺术力量和无限的美感。在它面前，太阳似乎只是地球上空一个炙热的圆形火炉。

我离开古代雕塑博物馆后，发现街上行走的每个人的头都独具特色，很有艺术感，每个人的头顶上仿佛都有一盏聚光灯。如果他们能一直戴着聚光灯，就可以在街道上随意行走！因此，这是一种无用的美……公元130年，年轻人安提诺斯[1]淹死了，死的时候年仅二十岁。谁会对这样一个年轻人感兴趣呢？看，这就是他的雕塑。当我从博物馆走出来，在我看来，街上的人头都是被雕刻出来的，我就对他们产生了同情心——从这点来看，博物馆还是有用的。

毫无用处的美！但这是自然界的规律——美丽不在于劳动中，也不为其而生。美本身就是无用的，但不知道为什么，它总是存在于必需的共同劳动中（格列布·伊万诺维奇·乌斯宾斯基[2]正是从

1 安提诺斯，110年生于一个希腊背景的家庭。130年时溺水而死，传言是自杀。他死后，罗马皇帝哈德良下令让工匠大量制造他的雕塑和头像，放到帝国的每一个角落里。——译者注

2 格列布·伊万诺维奇·乌斯宾斯基（1843—1902），俄罗斯19世纪60年代民主文学派的代表。他的作品主要描写小官吏的日常生活和城市贫苦人民的生活。——译者注

农民的辛苦劳动中获得了诗歌的灵感。）。

雄蜂。我们的古典文学就像世界上的各类艺术一样，不是被创造出来的，而是被生产出来的。深夜，我醒来后，开始思考作家与雄蜂之间的关系。作家与雄蜂是截然不同的，雄蜂存在的意义是享乐以及让母蜂王受孕。

人们把艺术家当作雄蜂一样去拘禁和饲养他们。这是为了让艺术家创作出更多作品，人们好从中牟利。有时候在努力创作的过程中，人们太过于沉溺其中，会凶狠疯狂地扑向自己的创作者——艺术家，甚至像雌性蜘蛛吃掉或杀掉使其受精但还没来得及躲藏起来的雄性蜘蛛一样，牺牲掉艺术家。

在成千上万个死于创作的雄蜂中，只有某只雄蜂在享乐的过程中创作出了新的东西，并被认为是有用之物。

只有被创作出来的事物才能留下来并成为文化的一部分。

***

与自由的游戏。晚上躺在床上，我像往常一样给它读睡前诗歌。我拿起了普希金的诗集，映入眼帘的是《加百利颂》。我很惊讶，它并没有因这首亵渎神灵的诗而感到不快：一些曾经吓到了皇帝和大主教们的东西，对它来说却不足为奇。它在一生中读过了许多不同的诗，已经懂得，伟大诗人们的好诗非常之少。在阅读的过程中，它并不会注意不好的内容。

这是可以理解的，否则人就不可能对生活保持纯粹的态度。

而当我们阅读其他精彩的诗歌时，我们会比以往任何时候都更清楚地认识到，普希金的诗歌有着俄罗斯其他诗人没有的自由和勇敢。《加百利颂》这首诗本身并不是亵渎神灵的产物，而是诞生于与自由的游戏中。

创作的最后一步不是在劳动中迈出的。这最后一步其实就是创作本身：心花会在心之所向的地方盛开。在这种情况下，光靠劳动是行不通的，但是如果不劳动也只能一无所获。

如果你拥有天赋，一切东西都可以不劳而获。这就意味着，你的自由建立在很多人的劳动基础之上。享受自由吧，不要压抑灵魂，不要埋葬天赋，但请记住，你来自那些在土地上挥洒汗水、耕种粮食的人，你的天赋承载着他们的委任。

有一个世界，像我未经劳动而获得的伟大馈赠一样，我个人的劳动仅仅是一个获得继承权的工具：对有些人来说这比较简单，对其他人而言则比较困难。有一些像莫扎特一样的幸运儿，凭借一次灵感就获得了继承权，而其他人则像驴子一样，驮着重物上山，却永远也不能到达山顶。

登山者和驴子。登山者爬山，每向前走一步都会看到不一样的风景，每一次努力都会立即得到回报。一头驴子驮着登山者的帐篷和食物，沿着另一条路向上爬。登山者向驴子学习如何迈步，如何更好地保存体力。是驴子让登山者得到解脱，因为驴子在背负着他应该承担的重担，而登山者得以欣赏沿途的美景，并创作出赞美山川秀丽的佳作。多亏了驴子，登山者才能够作诗，但同时登山者知道，驴子不会作诗。如果是登山者自己需要背负如此沉重的行囊，大概，他也能创作出点什么，但应该不会像现在那么多。当然，要感谢驴子付出的努力，登山者才可以轻松愉快地爬山，但在驴子心中可能会有很多想法，但它不会用语言表达，无论你让驴子驮多少东西，就算它累到死，也不可能写出诗。

驴子心中可能有不好的想法，它即使看到美好的事物也无法领略其中的美。任何诗歌和任何美景都无法让它因为放弃自己的坏心眼而感到愉悦。

人们把愚笨的人叫作驴子并不是因为智商的问题：驴的智商挺高的，其实它是一种特别聪明的动物。那些被叫作驴的人是不得不背负重担的人，是那些在背地里有坏心眼的人，他们认为自己付出了劳动就理应像那些创作者一样得到认可。

莫扎特也像驴子一样劳动，但是他把自己那与天赋相比微不足道的辛苦付出藏起来了。或许，这个天赋来源于千千万万人的劳动。但被载入史册的只是莫扎特，而不是这些人。

这个寓言的含义是什么呢？我认为，寓意很简单：就像死亡一样，驴子的重担对人来说也是必需的。而一个自愿承担重担的人，应当毫无私心地承担这一切，不能奢望承担了重任后，不用劳动迟早也会写出诗歌。

创作过程伴随着各种“应当”指令，与此同时必须询问，或许“不应当”吧？这种强制性的“应当”和“不应当”对创作者而言判断的标准是金钱。

但有时有些人天赋使然，能非常轻松地完成创作。这就意味着在他之前，人们都在争取着“应当”或‘不应当”。这就表明，天赋是一种能力，能表达出许多人无意识间在争取的东西。因此，个人是意识和文化的推动力。

VII. 劳动与创作

倘若是自由的写作，那它就是一种创作。

写作的最佳时机，是当臆想中的写作困难消失殆尽，或者所有需要描写的东西都变得极为简单的时候。欲抵达这令人神往的平静状态，其途径便是纯粹的寻找、丰富的经验和持续的写作，同时或许还会有不由自主的担忧，不知道一切辛劳是否会有回报，心情在绝望与希望之间摇摆。

现在每次把自己的作品寄给编辑部，我的内心深处都会像四十年前一样忐忑不安——像是给心灵穿上了一件谦恭之衣，但衣服十分华丽！它们是由真正的艺术家用心血和紧张编织而成的。当我怀疑自己的时候，我就告诉自己，我是一个艺术家。

在没有写出好的作品前，在作家面前有一条非常简单的道路，沿着这条道路向前走，一切都可以轻而易举地得到，似乎无须费力就能写出好的作品。

对于拙劣的短篇小说，大家会说“矫揉造作，臭不可闻”。而对于出色的短篇小说，则会称赞“真是浑然天成”。

在好的作品中能看到作家在艺术创作过程中付出的努力！

在创作过程中，任何“苦役式的劳动”、任何“难以承受的责任”

都变得甘甜和轻松。在做创造性的工作的同时，人就是在休息。

***

对一个年轻的作家来说，确定写作的主题非常重要。如果主题鲜明，他很快就会在心灵带来的压力下开始写作。对一个成熟的、大师级的作家来说，可以用来写作的主题像天上的乌云一样多，但要真正开始写作很难。知道应该怎么做，但选择太多，精力不够，还是写不出。

这就是为什么几乎所有伟大的艺术家，最后都会用写与道德有关的内容结束自己的写作生涯。

在寻找主题时，会发生一件可怕的事情，就是你给自己找到了写作的主题，找到了一个理想的人物，不需要再继续寻找了，可以直接坐下来写作了。但与此同时，不知怎么了，你的目光突然落到了一个苹果上，而且你还很想把它描绘出来。当你把苹果描写得出神入化、十分完美时，你发现它竟然比那个许多年前，你准备要描写的理想人物更好。

残酷的艺术也有让人觉得安慰的地方，那就是如果你不花时间去寻找那个自己心目中的理想人物，那么你也不可能完美地描绘出一个苹果。因此，寻找理想人物的过程并不是浪费时间，而是必不可少的过程，你甚至需要设定好主题和计划。你只要静下心来就会发现，它原来根本不是你要找的东西。

在经过长期的生活体验后，你最终会发现，每一个称得上是艺术创作的作品都需要艺术家付出许多努力。因为创作，他们中有多少人的生活和日常工作被打乱，这时你就可以理解为什么非常优秀的艺术家是那么少了。

为什么只有很少的一部分人会选择做艺术家，而其中能获得成功的人更是少之又少？因为人们很聪明，他们深知，生一个孩子并照顾他们一辈子是一件十分困难的事情，而相比之下不生孩子则要简单得多。

作为一个作家，让你感觉到最困难的其实并不是写作部分，相反，写作是最容易的一部分。最难熬的时光是不写作的时候。当人们在做游戏的时候，作家却躲在一个角落里。一个作家出版的书中包含了他一生中最好的东西，却没有揭示想要获得这个最好的东西需要付出怎样的代价，所以书中的内容往往含有一种欺骗性质。作家就像苦行僧一样，把牛奶中最有营养的奶皮奉献给社会，自己则喝下剩余的牛奶。

并不是每个人都会关注自己的行为并进行自我检讨。生活中很少有人把自己遇到的所有事情都记录下来，除了作家。一个要时刻关注并记录下自己生活中一点一滴的人，同时还想要看起来和其他人没什么两样，这是一件非常困难的事情，比在高空中走钢丝还要困难。

这就是为什么一个真正的作家的作品迟早会得到高度认可，甚至有时这种认可是在他死后才得到的。

每一个人都有天赋，但你需要知道你的天赋是什么。当人们说“无才之人”一词时，意思是一个人违背了自己的天赋，希望成为他人。我无法忍受这类放弃自己才能却觊觎他人才能的人。

贞洁。当着众人的面接吻是一件十分尴尬的事情。但在孩子出生的时候，你可以与爱人当众接吻，庆祝小生命的诞生。

创作亦是如此，你只可向世人呈现最终的作品。

***

永远不要因为已经有人在做同样的工作就止步不前，哪怕这些人中或许有人比你更加优秀。这是不对的！属于你的幸福端点只有你自己才能看得到，也只有你一个人才能抓住它。

这就是为什么一个采蘑菇的能手不害怕森林里有人，因为他相信，是自己的蘑菇就是自己的，哪儿也不会去，而且也不会被其他人注意到。一个好的猎人并不在意其他人也开枪打猎，相反，他会觉得这是一件好事。既然有人开枪，正好可以说明那里有猎物。幸运的猎人循着打猎的喧闹声和枪声过去，猎物会径直向他跑来。这么看来，人们说“猎物会追着猎手跑”也不无道理。

根据一个主题制订了一个计划，在计划实施的过程中出现了美，等到美出现后，主题和计划就都消失了。如果美真的出现了，没有人会责怪艺术家，说他准备的东西超出了计划，与主题内容不符。因为美是高于一切的，与美相比，我们的道德和努力、我们的主题和计划都一文不值。

但我们无法直接接触到美，必然要在汗水中辛勤劳作，才能获得相应的主题，建立和实施相应的计划。我们必须吃苦耐劳，同时相信精神会飘到它想飘去的地方，美会自动到来。

美是一场注定胜利的战役。

诗歌不受计划限制。这就是普希金在他的用叙事诗写成的童话故事《金鱼的故事》中想告诉我们的事。

你进入森林后产生的任何一个想法，甚至包括你想采蘑菇的想法，都是你计划的一部分。但为了真正地了解森林，你必须忘记你的所有计划。

如果你还继续想你的计划，把你的想法强加给森林，那么森林就不会向你展示它真正的模样。

森林不会被胁迫，它喜欢自愿地展现出自己真正的模样，就像是受老太婆驱遣的金鱼一样，它所做的事也是出于自愿的。

VIII. 题材和样式

有一次，我被叫去参加一个文学小组座谈会。在我看来，这是因为我得到了普遍的关注和认可——在这次座谈会上，我花了差不多两个小时讲述自己的创作之路，以及从什么时候起成为一个真正的作家。

我非常有自信，认为年轻人是很了解我的。因此，我说道："学会自己写小说是一件十分容易的事情。我可以在两个月内教会你们。"

我听到有人问："那这样的作品会出版吗？"

我回答道："会被印成很多份。"

我听到有人说："那快教教我们！"

屠格涅夫时代的年轻人通常会被屠格涅夫的写作风格吸引并对其产生崇拜之情。屠格涅夫身为伟大的文学家，对年轻人这种崇拜艺术偶像的行为感到可笑。在我们这个时代，我们需要保持敏锐的目光，也需要警惕这种过时的偶像崇拜感被拙劣的写作技巧取代。应当保护好我们的孩子，以免他们像厨师烤制煎饼一样"炮制"艺术作品——从一个锅里烤出数百张相似的煎饼。

一个故事，就像一张美味可口的煎饼。同一个热油锅，烤了一张又一张煎饼。但在这里，在文学艺术的事业中，事实证明，每一张新的煎饼都需要一个新的锅。

也许这里潜藏着天赋、风格、灵感，以及各种艺术的奥秘：为什么每件新的艺术作品都需要一个新的形式，为什么真正的演员每次登台重复扮演老角色时依然会因紧张而颤抖，为什么一个艺术家不能完全复制自己的旧画作，为什么拉斐尔[1]和伦勃朗[2]的作品同时存在而没有违和感，为什么列夫·托尔斯泰不能够丝毫不差地再现自己的手稿……

***

在文学艺术中，大家都是彼此的学生，但每个人都走自己的路。

1944年5月，我的任务是要写四篇儿童故事，并用写故事赚来的钱雇人给乡间别墅做一个栅栏…… 昨天，我用砂纸抛光了七根柱子和两个横梁。我想省钱，决定自己修建栅栏。

妻子对我说：“你不觉得羞愧吗，怎么能把你的创作和修建栅栏联系起来？”

“为什么不行呢？”我回答，“一个苹果掉落，牛顿把它和万有引力联系了起来。修建一个栅栏能带给我什么新的创作思路也未可知。”

---

1 拉斐尔（1483—1520），意大利著名画家，“文艺复兴后三杰”之一，他代表了文艺复兴时期艺术家从事理想美的事业能达到的巅峰。——译者注

2 伦勃朗（1606—1669），欧洲17世纪最伟大的画家之一，也是荷兰历史上最伟大的画家。他的画作体裁广泛，擅长肖像画、风景画、风俗画、宗教画、历史画等。——译者注

木匠们埋好了柱子，开始用工具在柱子外侧锯个不停，以便安装横梁。

我问道：“您是从外侧锯吗？”

“要不然呢？”木匠们带着含有讽刺意味的微笑回答我。

我说：“也可以在里侧啊！把柱子安在横梁的外侧。”

“柱子在外侧！”木匠们大笑起来，“这是什么新样式吗？”

“为什么不考虑一下新的样式呢？”我说，“我的职业就要求我每一次都要编出新的故事。”

“每次都要是新的？”木匠们惊呼，“这太难了！不，我们总是按照一个模子去做，定好了就不会变。我们都是这样做的。就像安栅栏，总习惯把横梁安在柱子的外侧。”

猎狗追逐猎物就像作家追寻风格一样。毫无疑问，人各有不同，作家生来也是风格各异。

不过，必须完全粉碎这种固有的风格，而后重构它、以文化改造它，使其自成一家，而不仅仅是某种文笔，因为风格是一种纯熟的、自成一体的技艺。

在大自然中，我们每时每刻都能感受到生命的创造力，同时把人类与生俱来的和谐感带入其中。这种情感是一种纯洁的人类特有的情感，这种情感一旦与大自然融合，就会生机勃勃、熠熠生辉。

——普里什文

IX. 童话

我的童话就是许多坟丘，我把人生中最珍贵的东西埋藏在了这里。

小朋友们请记住，度过一生并不像做游戏和读童话故事那样简单，而是要艰难得多。

从诊所回来的路上，我站在一片空地上，我必须找到此时此刻出现在这条街道上的意义。究竟是什么意义呢？我不完全明白。或许这甚至谈不上是什么意义，只是生活与我内心思想的一次碰撞。

看着眼前一片片的新旧楼房，我竟一点儿感觉也没有。因为楼房是没有生命的物体，就像是墓地里的墓碑。对我来说，一辆接一辆的无轨电车和从身旁飞驰而过的小汽车，各种噪声、叮当声和喇叭声，都是十分陌生的。但与此同时，我知道我的存在一定是有某种意义的。

突然，我看到在人行道边有一堆沙子，许多小朋友围在沙堆周围，他们正用自己的玩具模型在湿沙子上做“馅饼”。

这一刻，在这沙堆附近，我找到了我认为街道缺失的那部分意义。

孩子教育成人不要对事情沉溺过度，要保有自由。

两个小女孩走进我的车库，对我说："爷爷，您好！"

"你们好，孩子们，你们好吗？"

"很好。"

"有什么好消息吗？"

"没有。"

"但你们刚刚说了，你们过得很好啊！"

"当然，我们过得很好，我们现在拥有的东西，对我们来说已经足够了，我们感到很满足！"

开车，并不意味着自由。有时，一个人会把车开进监狱。

在这辆汽车上玩耍的孩子是完全自由的。坐在椅子上，鼓起腮帮子，大声地喊着"呜呜呜"，这时，这辆车就是他的车。

人们虚伪地感叹自己已经逝去的童年。但如果你问他们："为什么你们允许自己的童年逝去呢？"所有珍贵的记忆都应该留在人的心底，即使你死去了，这些珍贵的记忆也应该由活着的人继续守护，继续为人所用。因此，我始终守护着自己心底那部分关于童年的回忆，在我死后，这部分宝贵的记忆，应该继续由其他人守护。

X. 你和我

“人并不是活在故事中的，但如果你回首过往，你一定会觉得人生仿佛就是一个故事。我已经开始谱写自己的故事了。”

“你为什么要写关于自己的故事呢？”

“我也不知道为什么。也许是想写自己对生活的一种感悟。”

“但又有谁会对你的个人生活感兴趣呢？”

“这对所有人来说都应该是有趣的，因为‘大家’是由我们每个人组成的。你难道不是先通过了解你自己，再来了解社会上的其他人和认识这个社会的吗？”

但为什么大家一般谈论的对象都是自己呢？对一个没有经验的人来说，他可能会觉得我真的是在写自己，在写我自己的故事。不，不！并不是这样的。我写的“我”是一个“小我”，他其实是大千世界中“大我”的一部分，我笔下写出的人物，你可以为他穿上不同的外衣，他就可以自由地变换成世间的任何一个人。

这个“小我”出现在由无数的洞穴、盆地、群山、山岭连成的线的尽头。当我还是一个小孩时，这个“小我”就已经存在了，他出生在黑土地没有森林的平原上……

是的，我一直存在着，我用自己文字的力量改变自己的生活。

我不停地创作，所以我一直存在。与此同时，我也更加希望自己的作品将来能在人们心中占有一席之地。

我无法准确地说出自己的作品会在何时、何地、以怎样的方式被人们喜欢，但我相信一定会找到自己的位置，我的这种信念是自己对人生意义的要求。

当人们谈到种子在大自然中被过度消耗时，却没有想到大自然的繁衍生息倚仗的正是种子。而种子和献身于艺术或致力于讲述自己生活的人一样，它的存在有自己独特的意义。

之前我看卢布廖夫[1]和拉斐尔的作品，我完全不能理解。现在我坐在密林深处，虽然什么都看不到，但理解了一切。

像我这样的人，能活很久。而另一个人（如莱蒙托夫），他是那种可以一下子爆发出所有生命力量的人，但他活的时间很短暂。你想拥有怎样的一生，是长久的还是短暂的？你希望像莱蒙托夫那样一下子爆发出所有的生命力量，还是像我一样，在阴暗的乌云下生活很久，每一年都感觉头顶的乌云在一点一点地散开，太阳马上就要出来了，光明就在前方？

***

有些想法要经过冥思苦想才能获得，有些则是灵感闪现的产

---

1 安德烈·卢布廖夫（1360—1430），中世纪俄罗斯东正教圣像和壁画画家。安德烈·卢布廖夫是其成年时受洗成为修道士的教名，生活在蒙古鞑靼人对俄罗斯统治的后期，受训于莫斯科近郊的圣谢尔吉·拉多涅日斯基修道院。——译者注

物。当一个念头不假思索地产生的时候，人就会迷失方向，就像拍打岸边的海浪，浪头消退后，你要面对的就是整个大海。

然后，你会觉得有另一个人肩并肩地走在你身边，他能明白你所有的感受，与你分享一切。而你，觉得自己头脑中不再只有一种想法，而是同时拥有了两种想法，并且想法还在不断增加，你变得越来越相信自己。

真实的情况就是这样。

这就是创作的魅力所在。你好像不是在孤军奋战，而是有人在暗中相助。

不过，真正的创作永远是超越自我的，它不是来源于“我”，而是来源于“我们”（“你和我”）。

艺术是一种可以让人暂时摆脱自我、获得快乐的能力。

当然，我只能通过“我自己”感知周围的世界，但我相信你存在于世界的某个角落，你能理解我。我带着我的诗歌，诗歌就像连接你和我之间的一座桥，我通过这座连接你和我之间的桥走到你身边，我把我的手交给你，把我的心也交付予你。

现实的社会生活也是由“我”和“你”的相互配合、相互支持构成的。

如果你饿了，那么由我来养你；如果你寂寞了，那么由我来爱你。这才是真正的社会生活的基础。

***

有一些东西和现象用人的名字命名，但随着时间的推移，那个人名失去了原本的意义。所以，作家希望通过自己的劳动获得命名权，即使这个名字已失去了原来名字所有者的联想意义。

在此意义上，我认为真正的作家一定要具有时代性。在很多已被命名的事物中，第一个已不再具有时代性的名词就是爱。

创作的奥秘必须在爱中找寻。所有人都知道，当我们中的一个人恋爱了，在那个身处爱情中的人看来，世界上所有的人都是好人。正因为如此，在创作中出现的创作灵感，其实并不是一种想法，而是心、脑、志合一的产物。

如果你在自己的内心中找到了写作的灵感，那么这种灵感就无处不在。看看森林里的树叶和鸟儿，它们会用自己的方式告诉你灵感是什么；看看大街上低声交谈的人们，他们谈论的也是相同的内容。即使你用望远镜看，它也无处不在——在一切事物中，在你的身体里。

创作的本质，其最深的奥秘，就是你可以为了你的读者在自己身上找到这个创作灵感。

是的，可以这样说，所有真正的作品都是表面上看不出来的，作者和观众、听众、读者之间是类似亲人与亲人之间的一种相遇。他们生活的地方往往相距甚远，甚至生活在不同的时代，如果没有图书、绘画或声音的帮助，他们可能永远无法相认。

任何的忧愁、痛苦，甚至包括死亡，所有的障碍都不能阻挡借助创作的力量让一个人和另一个人相遇。

不知为什么，在我们看来，如果是鸟儿，就会经常飞行，如果是黇鹿或老虎，就会不停地跳跃、奔跑。殊不知，鸟儿坐着的时间比飞行的时间长，老虎很懒，黇鹿吃草时会在一个地方停留很长时间，这期间它只会微动双唇。

人也是如此。我们自认为生活中充满了爱，但当我们问自己和其他人“你的生活中有多少爱”这个问题的时候，结果发现在我们的生活中爱竟少得可怜！人类也是如此的懒惰啊！

当温暖的阳光把白色的桦树皮晒得滚烫时，在这里蹲坐的一只昏昏欲睡的大黑苍蝇，扇扇翅膀飞走了；

当树枝上鼓起的幼芽长成咖啡色浓密的树冠时，鸟儿就会降落在此，并隐身于枝繁叶茂的大树中；

在茂密的褐色细枝上偶尔有几个幼芽张开，就像是长着绿色翅膀并受到惊吓的鸟儿；

白桦树的柔荑花序长出来时,就像有着两个角和三个角的叉子。

突然有一天，在一个阳光明媚的日子里，一棵白桦树的柔荑花序变成了金色，白桦树的枝头都变成了金色。当你漫步走进白桦林，拥抱你的将是一片绿意。

一个人透过这棵心爱的白桦树，将明白整个春天，也将领悟整个人生，对白桦树的爱决定了这个人的一生。

***

有一次下雨，两颗雨滴沿着电线杆的铁丝滚向对方。眼看着它们马上就要相遇变成一颗大雨滴然后落到地上，这时一只鸟儿擦着电线杆上的铁丝飞了过去，这两颗雨滴还没相遇就掉到了地上。

一般来说，两颗雨滴消失在潮湿的泥土中，它们的生命就结束了。但我们知道，这两颗没有相遇的雨滴的故事还会在黑暗的泥土中继续。

很多扣人心弦的书中描写的渴望相见的两个人，如同在同一根电线上迅速向中间聚拢的两颗雨滴，他们在积极地寻找相逢的机会。

我的（读者）朋友，今天我正在莫斯科的特维尔大街上散步，看到有两个上了年纪的市民迎面走向对方。在他们即将擦肩而过时，突然认出了彼此。他们大概有半个世纪没有见面了，一个人惊呼“谢廖沙”，另一个人回应“米沙”，之后他们紧紧地拥抱在了一起。

我很羡慕他们，心想：“他们一定有很多话要聊！”

我有时也会这样想：如果有一天我遇到一个朋友，我一定会跟他聊很久，很久……

世上并非只有这样一个孤零零的我，我在小说中的抒情就是为了在全世界范围内遇到契合的心灵伴侣。

如果你能找到心灵伴侣，你就可以与之倾诉，但始终没有找到……

真是神秘啊！他藏在大千世界里、茫茫人海中，我们想见面简直千难万难！写作就应当是这样的内容，就应当这样写……

人、月亮、星星、大树最终都会离开。渴望一个能将这一切与之倾诉的朋友的我亦是这样。

遇到这种情况，法国人会说：“找个女人解解闷吧！”这话听起来是多么的粗俗啊！但同时又是真理。诗人的灵感被腐化，但在我们这个时代，熊熊燃烧的圣火好似从未被熄灭过。我的作品一直以来都是对某一对象微弱且羞怯的吟唱，它在大自然春天的合唱中一直在召唤“来吧”！

深秋的景象有时和早春类似：有的地方白雪皑皑，有的地方露出黑色的土地。只有在春天雪融化后露出泥土的地方才能闻到泥土味儿，但在秋天到处能嗅到雪的气息。一定是这样的。我们习惯在冬天看下雪，在春天闻泥土味儿，在夏天习惯这种泥土的味道，而到了深秋，我们身边就会萦绕着雪的气息。

偶尔也会有太阳，即使是短短的一小时，也会让我们欣喜万分！我们发现柳树上竟然还有十来片冻住了的树叶，它们经历了暴风雨却依然完好无损，或者我们看到脚下有一朵非常小的淡蓝色花朵，它给我们带来了极大的快乐。

我低头凑近淡蓝色花朵并惊奇地发现它就是众所周知的双株花“伊万－玛丽亚花”（它还有一个名字叫栎山萝花）中的一株“伊万”。

事实上，“伊万”并不是真正意义上的花朵，它是非常小的卷曲的叶子，只不过因为颜色是紫色的，人们习惯称它为花。栎山萝花的双花中真正称得上是花的，只有黄色且带有雌雄双蕊的“玛丽亚”。为了明年在这里可以长出新的“伊万－玛丽亚花”，“玛丽亚”的种子已经散落在了这片秋天的大地上。大概“玛丽亚”要做的事情远比“伊万”要做的事情困难得多，因此与“伊万”相比，“玛丽亚”凋谢得更快些。

但我很喜欢“伊万”。经受住了霜冻的考验，“伊万”由紫色变成了淡蓝色。深秋，我对着眼前这朵淡蓝色的小花轻声地说：

“伊万，伊万，你的玛丽亚在哪里呢？”

XI. 叶芹草

这虽然是很久很久以前的事情了，但我还没有忘掉，只要我活着就不会忘记这件事情。在那个遥远的契诃夫时代，我们两个还互不相识的农艺师，乘坐同一辆小马车去老沃洛科拉姆斯科县播种牧草。我们途经了一整片开着蓝色的花儿、用来酿蜂蜜的叶芹草花田。今天的阳光格外明媚，我们身处在莫斯科郊外这温柔的大自然中，这一片艳丽的花田奇迹般地出现在我们面前。它们就像是一群从一个遥远国度飞来的蓝色鸟儿，在这里宿了夜，飞走后留下来的。我想，在这片蓝色多蜜的花丛中，现在一定有许多正在嗡鸣的昆虫。但除了马车在这干涸的道路上行驶发出的辘辘声，其余的任何声音都听不到。我被眼前的大自然美景吸引，暂时忘记了自己的工作是要去播种牧草，我请求同伴把马儿勒住，只为听一听这花田间昆虫的嗡鸣声。

我不清楚，我们在此停留了多久，我和这些蓝色的鸟儿相处了多久。我任由自己的思绪随花田里的蜜蜂一起飞舞，当我转过头来看向我的农艺师同伴，想告诉他可以继续赶路时，我才发现这位有着一张胖嘟嘟的圆脸，看上去久经风霜的同伴正用诧异的眼神仔细打量着我。

“我们为什么会在这里停下来？” 他问道。

“不为别的，” 我回答道，“我想听一听蜜蜂的嗡鸣声。”

我们继续赶路了。于是我也从侧面打量起他来，感觉他有点儿奇怪，最终明白了，经过了那片蓝色花海，感受过了叶芹草的神奇力量后，这个极其讲求实际的人也在思索着什么。

他的沉默让我有点儿局促。为了打破沉默的僵局，我问了他一些无关紧要的问题。但他丝毫没有理会我的问题，仍若有所思。似乎是我对大自然的某种态度，或因为我的年少，甚至可以说是青涩，让他回忆起了自己风华正茂的青葱岁月，在那段时光中几乎每个人都是诗人。

最终，为了让这个长着宽后脑勺、脸色发红的胖男人不再沉浸在自己的思考里，回到现实中，我向他提出了一个在当时看来既严肃认真又十分现实的问题。

“在我看来，” 我说道，“没有合作社的支持与帮助，我们播种牧草的宣传，是不会获得实际成效的。”

他却问道：“您可曾有过自己的叶芹草？”

我很惊讶：“您问什么？”

他又重复了一遍：“您有过她吗？”

我听明白了他的问题，并像一个男人应有的那样回答道：“当然有过，怎么了？”

“她来了吗？” 他一再打听，不停地盘问。

“是的，来了……”

“哪儿去了呢？”

我有点儿不耐烦了。什么都没有回答，只是将双手一摊，意思是她现在没有了，早已不见了。我停顿片刻后，又说起叶芦草。

“就好像蓝色的鸟儿在一个地方过了夜并在那里留下了自己蓝色的羽毛。”

他沉默了一会儿，认真地看着我总结道：“嗯，这么说，她是再也不会回来了。”他看了看眼前的蓝色叶芦草田，又补充道：

“蓝色的鸟儿飞过，留下的也只是蓝色的羽毛。”

我觉得，他好像若有所思，并最终得出了结论，在我的坟墓前立了一块石板，上面写着：我还一直等着呢，仿佛一切都结束了，看样子她永远不会回来了。

他突然痛哭起来。刚才在我眼里，他那宽大的后脑勺，细小、狡黠的眼睛，肥嘟嘟的下巴都消失不见了，他变成了一个让我感觉十分可怜的人，整个人都爆发出生命的活力。我想对他说几句安慰的话，便把缰绳拿在手里，把马车赶到水边，将浸湿的手帕递给他，想让他用湿手帕擦一下脸，清爽清爽。很快，他就恢复了常态，擦干了眼泪，又重新拿起了缰绳，我们继续赶路。

我们乘马车向前行驶了一段路，我决定再一次提起那个我认为自己有独到见解的关于播种牧草的事情。我的看法是，如果没有合作社的支持，我们将永远无法说服农民将叶芦草引入轮种。

“可曾度过美好的夜晚吗？”他问道，并没有理会我谈论的关于叶芦草的问题。

“当然了。” 我像一个真正的男人那样回答道。他又一次陷入了沉思，我心里想：他可真是一个折磨人的家伙啊！

他又问道：“只有一夜吗？”

我受够了他一而再、再而三重复的问题，有点儿生气了，但我努力控制住自己的情绪，让自己保持镇定，借用普希金的话回答了他的这个问题：“整个一生，就只有一两个夜晚吗？”[1]

有些白桦树向阳的那面已经长出了金色的、神奇的、非人力所能创造出来的花序；另一面有的才刚刚抽芽。在其他的一些白桦树上，你会惊奇地发现，一些绿色的小鸟在那里安了家。它们坐在细细的嫩枝上，你看这里有一只，那里有一只……不仅仅是白桦树的幼芽，所有的这一切，对我们人类来说都是转瞬即逝的美好。只有那人海中排队等候的幸运儿才敢伸手去抓，并能将它抓在手中。

夜里，我心中产生了一种模糊的想法，我便离开家，走进了大自然，我在河水中清晰地看到了我那模糊的念头。

昨天这条河和晴朗夜空中的星星与整个世界遥相呼应。今天天空乌云密布，这条河在乌云下就像是盖了一条棉被，无法与世界呼应了，不能了！失去了“叶芹草”，这让我感到十分忧伤，这种忧伤就像是一个黑暗的笼罩物，笼罩在我的心间，让我无法与整个世界呼应，就像这阴天下的河流，它使我明白——其实我自己并没

1　出自普希金《书商和诗人的谈话》一诗。普希金赋予这首诗以特别的意义，并将其置于《叶甫盖尼·奥涅金》第一章卷首，作为这部诗体小说别具一格的序言，说明诗人对待现实的一种新的“实用的”态度。——译者注

有过错。我看到这条在黑暗乌云笼罩下的河流，它虽然不能与整个世界遥相呼应，但它依旧是河，在黑暗中依旧波光粼粼、奔腾不息。在黑暗中，在乌云下，鱼儿感受到了大自然的温暖，拍打出了比昨天更大、更响的水花，昨天夜空中星光闪耀，温度比今天还要低。

多么美好的早晨啊！露水闪烁，蘑菇遍地，鸟儿在歌唱……只是现在已经入秋了。小白桦树的树叶开始变黄了，白杨树摇曳的树叶在风中簌簌作响，它们好像在窃窃私语："诗人没有什么可写的了，露水要干涸了，鸟儿要飞走了，蘑菇也都停止生长了。"对我来说，我应该接受这种离别，让这种离别的愁绪随着这些树叶一起飘向远方。

一切都是那么美好，只是山鹬还没有飞回来。我沉浸在自己的回忆里，现在山鹬还没有飞回来。在那遥远的过去，没有来的却是她。她爱我，但对她来说，我对她的爱则更加强烈。所以她没有来。我带着对她的爱离开了那里，之后我再也没有见过她。

在这个美妙的夜晚，鸟儿在歌唱，一切都是那么美好，只是山鹬还没有飞回来。两股溪流在小河中相遇，可以听到水流的飞溅声，要知道，潺潺的水流会像以前一样在春天的草地上自由流淌。

我思考了一下，后来的事情表明，她那天虽然没有来，却让我收获了今后的幸福生活。随着时间的推移，我已经不能清晰地记起她昔日的容颜，但她带给我的那种感觉久久不能忘怀。她始终会用一种亲切温和的目光看待周围的一切事物，在生活中我一直试图找到她，但始终没有找到。自然界中的一切事物就像是另一张脸，我用它来代替我爱的人的面孔，我一生都在用心欣赏自然界中的一切事物，且每年春天都会有新的收获。我是幸福的，但世上的人并不都是幸福的，这是让我唯一感到遗憾的地方——我希望世上所有人都能像我一样幸福快乐。

所以，这也是我的文学作品可以一直葆有生命力的原因，因为我写的是自己的生活。在我看来，每个人都可以像我一样。请试一试吧，忘记自己在爱情中的失败经历，把自己的感情转化为文字，就一定会有人读你的作品。

而现在在我看来，幸福并不取决于那日她是否会来和我见面，幸福只取决于你是否真正爱过。爱情本身就是幸福，而能否获得这种爱，也是一种“才能”。

我一直这样思考着，一直想到了天黑。我突然意识到，山鹬再也不会飞回来了。这时我感受到心中一阵剧烈的疼痛，我自言自语道：“猎人啊猎人，你之前为什么不留住那个你心爱的人呢？”

“叶芹草”的女儿。直到今天，许多年过去了，我再也没有见过她。虽然我已经记不清她的模样了，但她那双像北方天空里的两颗小星星忽闪的大眼睛，我还是认得出来的。

有一天，我顺路走进了一家寄卖商店，想买件东西。我很幸运，这家商店正好有我需要的这件商品。我手里拿着取货单排队等待付款，旁边还排了一队等待付款的人，那里面有一个人只有整钱，而收银台却没有零钱可找。那队里的一个年轻的女人请求我帮助她破开 5 卢布，因为她只需 2 卢布。我那时只有 2 卢布的零钱，我很想把我的2卢布给她……

大概，她没有理解，我想直接把2卢布送给她的意思，又或者是因为她太善良了，觉得不好意思。我伸手递给她钱的时候，我看着她，突然我认出了那双眼睛，那双像北方天空里的两颗小星星的大眼睛，像“叶芹草”的眼睛。刹那间，我成功地透过她的眼睛看到了她的内心，我的脑海中闪现出这样一个念头：也许这个年轻的女人是“叶芹草”的女儿……

这一瞥后，从我手中拿走钱是不可能的了。又或者是她突然明白了我的意思，我——这个她不认识的陌生人——是想把钱送给她。

“您想一想，这钱，总共才2卢布！”我把拿着钱的手向她伸了过去。

“不！我不能拿这钱！”她说。

在我认出了那双眼睛的那一瞬间，我就已经做好了将所有东西都送给她的准备。只要她一句话，我愿意为她赴汤蹈火，在所不辞。

我用那略带祈求的目光看着她，说道：“拿着吧。”

“不！”她又一次回答道。

当我流露出好似是个被遗弃的、十分不幸的、痛苦不堪的、无家可归人的表情时，她像是突然想明白了什么似的，露出了以前只有“叶芹草”才会有的那样的笑容，对我说：“这样吧，您拿走我的5卢布，把您的2卢布给我，怎么样？”

我非常开心地拿了她的5卢布。我同时注意到，她看到我很开心，也跟着开心起来。

我想起了那棵树皮上布满皱褶的老椴树。我们以前从未考虑过这棵老椴树花费了多长时间陪伴它的老主人和我。我看着它为人们无私地奉献，我在心中不由得产生了这样一种期冀：也许某一天，我也可以像这香气迷人的椴树花一样，和它一起盛开。

一个人的内心积攒的痛苦越来越多，可能会在某一个美妙的一天，像干草遇到了火苗一样，非常开心地燃烧起来。

巧克力色带了一个绿色尾巴的幼芽长出来了，在每一个绿色的鸟嘴形幼芽上，都挂着一个大大的、透明的闪亮水珠。

你摘下一个幼芽，把它在手指间碾碎，你就能闻到桦树或白杨树树脂的味道，或者这萦绕在鼻尖久久不散的香气会让你回忆起稠李树的味道。你还记得吗？以前爬上树去采摘光亮的黑漆漆的浆果，然后带着果壳一把把它们全部吃下去，那个时候你能感受到的只有无尽的快乐。

如此安静又温暖的夜晚，你带着一丝紧张的情绪在期待着什么，在这样安静的夜晚应该会发生点什么事。你听，树木开始窃窃私语起来：一棵白桦树在呼唤远处的另一棵白桦树，小白杨树像一根绿色的蜡烛矗立在林间草地上，稠李树把自己刚刚抽芽的嫩枝递给了另一棵稠李树。如果和我们人类做对比，我们用声音彼此呼唤，互相交流，那么植物就是用自己的香气彼此呼应，因为每一种植物都有属于自己的特殊香气。

天色暗了，在黑暗中渐渐地看不到树枝上的幼芽了，但它们上面的水珠却是亮晶晶的，即使在伸手不见五指的黑暗灌木丛中，你无法辨别出任何动植物的时候，你也能看到这些晶莹剔透的水珠。这时候你能分辨清楚的只有水珠和天空。水珠在夜色的衬托下显得格外明亮，在黑暗的森林中为我们照亮前行的路。

在黑暗中，我觉得，我好像摘下了一个树脂含量丰富的幼芽。我想见到我这位唯一的却看不见的朋友，它是如此的美丽、芬芳，我非常期待与它相见，任何事情都无法阻挡我。

我坐在一棵被伐倒的白桦树上休息，一只布谷鸟没有发现我的存在，刚巧落在了我的身旁，它咕咕咕地叫着，就好像是在对我说："嗯，让我来猜一猜，接下来会发生什么事呢？"

像往常那样，让我们来做个游戏吧，请猜一猜我还能活多少年吧。这时布谷鸟叫了一声"咕"，我数出了数字"一"。

"二！"我接着数下去。

布谷鸟刚叫出了第三声"咕"，当我要数数字"三"的时候，它拍拍翅膀飞走了。

我的数字"三"还没来得及说出口。从这个游戏来看，我还能继续活在这个世上的时间有点儿少，但我并不因此生气，因为一直以来我都活得很充实。如果要说有什么事情会让人感到很生气，那就是当你用这两年的时间一直在筹划干一件大事，你进行了充分的准备，事情也已经启动，但突然一声"咕"——你死了。一切就这样结束了，这才是让人感到最可惜、最气愤的事情。

那么，前期的准备是值得的吗？

“并不值得！”我心里想。

我站了起来，在临走前最后向眼前这棵被伐倒的白桦树看了一眼。让我感到无比激动的是，我发现眼前这棵神奇的虽已被砍伐的白桦树，又一次为了自己也为了这个春天贡献出了一抹绿色——它长出了新芽。

春天的溪水飞奔流淌过的地方，现在万紫千红、百花齐放。

我很喜欢在这样的百花盛开的草地上散步。我一边走一边思索：“这就意味着，春天里那看起来不是很清澈的溪水，并没有白白地从这里疾驰而过。”

天空中的太阳被乌云温柔地遮挡住了，雨淅淅沥沥地下了起来。这么一场温暖、清爽，让一切都变得更有生机的春雨，对植物来说，就像爱情之于我们人类一样。

是的，落在渐渐苏醒的植物脂芽上的温润雨水，非常温柔地抚摸着在雨中不停变换色彩的树皮。你会感受到，这温润的从天而降的雨水对植物而言，就像爱情之于人类。我们人类有爱，水也有爱，雨水对植物的爱，就是从上到下地冲洗参天大树并滋养它的树根。水的这种爱成了一座桥梁。天上的雨也有爱，持续不断地滋润着被砍伐的树木暴露出来的树根。正是因为这种爱，已经被砍伐的树木又重新焕发出了生机，树枝上长出了新芽并散发出迷人的脂香。在这个春天，在不久的将来，这棵树必定会像其他的树木一样，再一次枝繁叶茂、生机盎然。

对生物来说，无论是小到昆虫还是大到人类，都无一例外地拥有爱的本能；对植物来说，无论是来自地下的水还是来自天上的水，都能带给它们爱，它们无时无刻不期待着这爱的到来……

我把一碟牛奶放在拉达（作者养的一条狗的名字）鼻子跟前，它扭过脸去，好像在说："你听，我的同伴在叫我，我要去找我的伙伴们。""拉达，"我说，"应该吃饭了。"它抬起头，冲我摇了摇尾巴。我温柔地抚摸着它的毛，这种爱抚让拉达的眼睛里充满了希望。"吃吧，拉达。"我重复道，并把碟子往拉达跟前推了推。

拉达把鼻子向牛奶前凑了凑，开始舔牛奶。也就是说，通过我的爱抚，我让它吃饭了，这样也算是延长了它的生命。也许正是这几口牛奶让它继续活了下去，成为赢得这场为生命而战的战斗的关键。这几口牛奶充分体现出了爱。

春天，铃兰最先开花，然后是野蔷薇，接着各种植物的花一个接一个地、各有定时地竞相绽放。但有时一整个月过去了，铃兰花都凋谢了，而在森林深处的某个漆黑角落里有一株铃兰才刚刚开花，散发出迷人的香气。虽然这种情况很少见，但确有发生。就如在森林某一个黑暗僻静的地方，住着一个不被世人所知的人，人们大概都以为他早已不在人世了，但某一天他突然出现在了人们的视野中，而且活得很好。

这真是一件令人感到开心的事！我在林间的草地上发现了一株最普通不过的洋甘菊，它会思考从这里经过的路人会不会喜欢它。在与这株洋甘菊的愉快邂逅中，我想道："森林只会向那些愿意和它亲近并能感受到它存在的人展示它的美。"这株洋甘菊在看到有路人从它身旁经过后，开始猜测起来：“他会不会喜欢我呢？”“哎呀，他没有注意到我就走了过去，看来他是不喜欢我。他只爱他自己。”“噢，太开心了！他是喜欢我的，他注意到了我，那就一切都好。如果他是喜欢我的，他可能会把我摘下来。”

在这位老艺术家的生活中，没有留下爱情的痕迹。他的全部爱情，一生心血，都献给了艺术。他被自己的幻想笼罩，沉浸在自己的诗歌创作中，他一直像个孩子一样纯真地活着。自然界的生活有时会让他感到极度的忧愁，有时又令他异常开心。也许直到他死去的时候仍然相信大地上的全部生活就是这样的……

但曾有一回，一个女人来到他身边，他轻声地对她表达了自己的爱。

“叶芹草”带着期待的神情问作家：“那什么是爱？”她期待作家可以给她一个独到的、与众不同的观点。

“爱就是……”作家说，“如果我还剩下最后一小块面包，我不会吃它，而是把它让给你吃。如果你生病了，我不会离你而去，而是会一直守在你身边。如果为了你能幸福快乐我需要很努力、做很多工作，那么我也会毫无怨言，像驴子一样地勤劳工作，并帮你分担生活的重担。”

他还给她举了好多因为爱而为对方做出牺牲的例子。

“叶芹草”期待不寻常的事，却落空了。

“给出自己的最后一块面包，守在病床边，像驴子一样地干活，”她重复道，“要知道，所有人都是这样做的。”

“这就是我想要的，”艺术家回答说，“我想像大家一样，拥有大家都拥有的东西，而不是把自己当成一个特殊的人，一个孤独的人，我想像所有善良的人一样，最后也能体会到生活带给我的巨大幸福感。”

XII. 爱情

在《叶芹草》中提到了“生活高于艺术”的话题，但并没有完全展开对这个话题的讨论。我提到的生活是被人类活动改变的生活，艺术只是这种非常完美生活的一种表现手段、一条必经之路（就像是理想中的朋友和现实中真正的朋友总是存在些差距）。

艺术诞生于流离失所。我写的信和小说，都是写给离我很遥远且神秘的朋友的，但当朋友来了，我的艺术作品就会给生活让位。当然，我经常在作品中写到的并不是家庭生活的安逸，而是那部分高于艺术的生活。

“真的有高于艺术的生活吗？”

“要不然呢？如果这种生活不是真实存在的，那么艺术从何而来？”

经常会有一些作家受到批评。作者写的东西是唯一且独特的，但对读者来说，这些内容可能并不是那么喜闻乐见、脍炙人口。有的批评者会从大众的角度出发去评判作家写的东西，如果这个文章正好符合他的胃口，他就会说：“有这样的事情，可以这样写！”如果作家写的文章不讨他欢喜，他就会说：“这不可能，完全没有这样的事情！”

但是，一个真正的作家应该以独特创新的视角去呈现那些现存已知的事物，在一个艺术作品中必须把两者有机地结合起来。在创作过程中会有奇迹发生：那些从未发生过的事情会像已经发生过且人们耳熟能详的那些事情一样展现在读者面前。

如果我臆想出的事情，正好在读者身上也没有发生过，这时，就像数学中负负得正的道理一样，这件事情就有了它存在的现实性。

这就是为什么会有《叶芹草》这篇文章，它来源于我们每个人内心深处对爱情的渴望。

***

在我们的一生中，一直都会听到“心灵”一词，我们自己也会说这个词，但这个词到底是什么意思，我们却不清楚。

在我看来，如果有人问我“心灵”这个词是什么意思，我会很愿意回答这个问题。我认为，首先，心灵是一个只有自己才能了解的内心世界；其次，我会从哲学的角度阐释什么是心灵，就像是心理学教科书上定义的那样，心灵是人对自己认知的总和；最后，我想回顾一下原始人对心灵的认知，他们认为心灵存在于人的身体中。这一切对心灵的理解，并不全是我个人的观点，而是只要一提到“心灵”这个词，大家都会有这样的见解。

同时，我也有属于自己的心灵世界。很早以前，当我还是个孩童的时候，我就知道了这件事情，那时我还哭着说自己和这个世界上的其他人不一样。渐渐地，随着岁月的流逝，几十年过去了，经历了一些磨难，我也了解了自己的使命是什么。我渐渐地发现，其实不必追求和所有人一样，我们要做自己，这才是最重要的东西。如果一个人失去了自我，他的存在就没有任何意义了。同时我也强烈渴望能融入集体，和大家一样，在集体中展现自我。

又过了很长一段时间，我才明白，内心对美好爱情的渴望这一点我和大家是一样的。

而就在最近，我终于明白了，这种对爱的渴望是我内心的一种活动，而心灵本就是爱的代名词。

***

“所有的人都在做自己的事情……”

“难道把两个人的生活合二为一，不是应该做的事情？”

我们不会飞，不会游，但我们可以创造出属于自己的新生活……

幸福的满足感和创作的乐趣来自两个不同的人。

当人获得了幸福，同时也就得到了快乐。

幸福。昨天在公园里，我的一些女性读者朋友认出我就是写出了她们喜爱的作品的作家，便围着我，开始和我交流，不停地问我一些问题，同时向我表达她们对我作品的喜爱之情。

“您是有一个幸福的童年吗？”其中一个女性读者问道。

“童年时期不发生一些不愉快的事情是不可能的，”我回答道，“但对我来说，我的幸福并不是因为童年幸福快乐，而是因为我自己可以化解或尽量避免发生不愉快的事情。”

我们每个人都应该学会自我疗伤。伤口愈合了也就幸福了。我们应该创造自己的幸福。

当然，幸福是必须获得的，但幸福究竟是什么样子的呢？有一种偶然的幸福，那是上帝带给我们的，是靠运气的。当然也有另外一种幸福，这种幸福是靠努力得来的。

我亲爱的朋友，当然，我是幸福的。难道我不该获得幸福吗？我为了能获得这样的幸福吃了多少苦头，又付出了多少努力。为了获得社会的认可，不去考虑自己的得失，又何止是只要做到忍耐就可以了这么简单。不，不！我的幸福是自己赢得的，如果每个人都努力而隐忍，那么每个人都将收获幸福。

***

“生活的本质，”她说，“是爱，而斗争只是一种为了得到爱的手段——要为爱而战。战争是可以用语言描绘出来的，而爱则无法用语言描绘。”

如果心灵受到伤害，你不知如何是好的时候，应该怎样做呢？这时你应该像对待你的朋友一样对待你的心灵，那样你就会不治而愈。

早上想到的，一个人的思想和行事应该一致。

由此，我们是否可以将一个人完全统一的思想和行事称为爱情呢？

***

春汛已至，我姗姗来迟，森林中所有的溪流已聚到河里，河水又沿着河道汇入了遥远的大海。现在河水肃静地冲刷着岸边。春天已至，我再一次姗姗来迟，那些只有在春天才会产生的精神财富早已随小溪聚到心田，我的全部想法都已随河流汇入了这片心海。这么看，在我身上并没有发生什么异常的事情：我的心河已归道。

我既不是在抱怨，也不是在责备春天的这种背叛行为。这不是我的本意。我既没有在春天里，也没有在诗歌中找到自我，只是在爱情中发现了它。我第一次在爱情中认清了自己，我第一次这么清晰地评价自己。

在我的文章中，我有一部分篇章专门用来描写女人，但这还不够，其中似乎还少了些什么……描写这一部分时虽然我用的笔墨不多，但内容十分精彩。

为了女人们能接触到我的诗歌，我穷尽一生的时间都不够。

有人拿来一盆草莓绿植，里面有两个植株。一个结满了成熟的草莓，草莓下还有白色的花；在它旁边的另一个植株的幼枝上长着还未成熟的绿色草莓，它下面也有白色的花。

因为我们对植物知之甚少，所有我们看到大自然中的神奇现象，就不知道该如何解释。

“这就是真实的大自然，”一个人说道，“果实长大了，花还在。”

我的一个女性朋友对我说：“是呀，你看，大自然真是了不起呀！”

有时，当你在解决一个难题时，好像有一个人走到你身边，告诉你解决它的秘诀，然后你把这件很难完成的工作做成功了，连你自己都难以相信。在接下来几年甚至几十年的劳动中，你习惯等一个陌生人帮助你。并不是每个人都能注意到，并不是每个人都能发现，但我们每个人身边都的确有这样一位谋士。大概，诗人把他称为自己的诗才……

有时，当你工作的时候，你能感受到你的这位谋士就在你身边，你多么希望能在那个时候抓住机会，询问他的住所地址或是索要他的电话号码。他要是回答了你的这些问题，你会觉得自己是这个世界上最幸福的人。

但幸福的时刻转瞬即逝。如果那个时候你没有问，那么当你又一次陷入困境或异常苦恼的时候，你就不知道去哪儿才能找到你的这位谋士。是去东方找还是去西方找？你把双手放在嘴边对着北方或南方大声地呼唤，但他仍旧没有出现。而当你不再呼唤，放下双手，内心渐渐平静下来的时候，你会发现，他就在这里，一直在为你工作。你看到他异常兴奋，以至于又一次忘了问他，他住在哪里，如何才能找到他。

最后，我那神秘的朋友终于来了，而且从那之后他再也没有离开过我。现在我不用再问他住在哪里这个问题了：无论他是住在东边，住在西边，住在南边，还是住在北边，我都能找到他。

因为我知道，他一直活在我那颗充满爱的心里。

夜里，我想到了两种爱情。一种是像所有的动物一样，得到了就一脚踢开或抛弃掉，就像斯捷潘[1]把自己的公爵小姐扔进伏尔

1 斯捷潘·季莫费耶维奇·拉辛（约1630—1671），俄国农民起义领袖。17世纪60年代末组织领导了俄国较大的一次农民起义——拉辛农民起义。——译者注

加河一样，大多数男人的想法是一致的，就连列夫·托尔斯泰也不例外，认为爱情只是对女人的爱。

而在另一种爱情中，你欣赏被爱的人身上的某个美好的特质，这种爱更像是一种倾诉，是一个孤独的人走入“人群”的一种方式。

我们根据人们能为对方获得幸福付出多少努力衡量人的爱情。

在这种理解下，爱情又叫婚姻。更准确地说，创造力是由人内心的中阴阳和谐关系（而在婚姻中也存在这种阴阳和谐关系）、永恒的艺术作品的诞生及其对后世的影响而决定的。

诗歌的馈赠与爱情有着同样的命运，它们都是一种给予。有些人的爱情结局是结婚生子，而有些人只是打着爱情的幌子肆意妄为。

那么，有些诗歌会有完美的结局，将人与社会结合在一起，而有些诗歌只是打着创作的旗号，完全是无稽之谈。

***

每一个家庭都会有自己的一种神秘感，并被它笼罩，这种神秘感不仅是旁人可能无法理解的，即使是其家庭成员，他们自己可能也无法理解这种神秘感究竟是什么。婚姻并不像人们想象的那样是“爱情的坟墓”，而是一场个人神圣的战斗。两个人走入婚姻，每个人都有着自己的想法，在两个人之间有一场不知结局的斗争，这是这两个人的“秘密”。

在这场斗争中，有时你会觉得和对方完全过不下去了，这时你会和旁人倾诉，旁人可以从你的只言片语中读出你家庭的秘密。

在列夫·托尔斯泰的家中就曾发生过类似的事情。

爱情是一个神秘且未知的遥远地方，我们每个人都坐在自己的船上朝那里航行，在我们的船上，我们每个人都是船长，开着这艘船，沿着我们自己认为是对的航道前行。

河水泛滥甚至会远远地溢出河岸，但小溪还是会不停地向河中流淌甚至流向海洋。

只有一潭死水才会在原地一动不动，没有一丝涟漪，静悄悄地一点点变绿。

人的爱情也是如此。伟大的爱情能拥抱整个世界，它可以让每个人都感受到生活的美好与幸福。简单的爱、亲人之间的爱都像溪水一样绵延不断，流向远方——那个美丽的地方。

也有一种爱是只考虑自己，所以沉浸于这种爱的人就像是一潭死水。

不仅是动物，田间地头的野花也承载着爱，这种爱可以为我们所用，用心的人能感受到它！这种复杂的爱在小说中也有所体现，如果能沉浸其中，这种爱在花朵中也有描述。

也许，人与动物之间最大的不同点，并不在于智力，而在于是否有羞耻心……自从人可以体会到耻辱心，大自然里的河道就发生了改变，只保留了旧河道；人们通过自身的努力不断地挖掘新河道，一股股的细流从旧河道慢慢汇入新河道，旧河道里的水变得越来越少。人们正在一点点把自己从古老的大自然中获得的东西移到自己身边并按照自己的方式重新做计划。

花园里繁花盛开，芬芳馥郁，每一朵花都被满园的芬芳笼罩。有这样一个人，他就像那繁花盛开的花园，他的爱就像那花园中弥漫的芬芳，每个人都可以感受到他的爱。

爱的源起——始于关注，而后是选择，接下来是成就，因为什么都不做的爱情就是死去的爱情。

但在我看来，从繁花盛开的花园里流淌出来的爱，就像一条小溪——爱的小溪在经历了必要的考验后，一定会汇入一片汪洋大海。它就像繁花盛开的花园一样，既为每一朵花存在，也为所有的花存在。

***

对人类来说，大自然中没有什么能比在春天听到不断膨胀的嫩芽开裂声更让人感到亲切和珍贵的了。然后我们会进行自我反思："我们每个人难道不像逐渐成长、开裂的嫩芽吗？在那小小的一片嫩芽中蕴藏着未来的参天大树。难道我们在自己的身体里没有感受到它的存在？难道我们没有感受到把我们与整个伟大的自然界分隔开的身体吗？"

个人的情感把我们的身体与自然界分开。我们努力使自己的身体变强健，苦费一生，护持我们体内的嫩芽不被摧折。但无论人们如何饱经磨难，当春天来临，嫩芽开裂，绿色迸发出来，我们这些被自然躯体包裹着的冷漠自私的人，就会产生无尽的喜悦，这种崇高的对自由生活的感情，我们称为"爱"。

XIII. 怀疑

人天生多疑，更不要说这是怀疑喜欢的那些人的优点了。

人自己能力的大小决定了其怀疑能力的强弱。愚蠢的人不会怀疑，然后根据智商的高低，像爬梯子一样，智商越高的人怀疑能力越强，他们还会带着微笑不时地回头望望走过的路。因此，与怀疑作斗争，就像与魔鬼作斗争一样，你的智商越高，就爬得越高。

想要理解马丁·路德的作品是十分困难的，因为他的思想已经处在一个很高的发展阶段，他甚至敢向魔鬼投掷墨水[1]。

生活是多变的，“我会习惯下一秒就失恋的恋情”。而激情会依然存在，因为没有激情，就没有一切，就像没有火就不会有烟一样。

“不要害怕，”米哈伊尔说，“我有属于自己的星星。如果

---

1 马丁·路德（1483—1546），16世纪欧洲宗教改革运动发起人、基督教新教的创立者、德国宗教改革家。马丁·路德生活的年代是一个有许多人仍相信巫婆、恶魔和邪灵的时代。他也经常记述自己被恶魔和邪灵困扰。传说，路德在他的房间工作时，魔鬼又抓又挠打扰他，这位改革家勇敢地拿起墨水反击，他将墨水直接泼在魔鬼的脸上——据说这是路德屋子旦火炉附近的墙面上蓝色墨水污迹的来源。马丁·路德“用墨水驱逐魔鬼”通常被认为是一种比喻，是指他翻译《圣经》的行动，而不是扔墨水驱逐魔鬼。——译者注

地球上没有火种，我就去属于我的星星上取火种。”

每天我都在心里与大自然的缺点暗自作斗争，不断地剔除这些无关紧要的小缺点，让我目光所及之处全是大自然的美好。

大自然也以同样的方式对待我。我对大自然的感情倾注于我做的每一件事情，比如说，我不断地写作，这就如同我在精心伺弄一个园子，我种的小树苗一天天长高，但它们结出的果子不属于我。

大家都能吃到我园子里的果子，这让我觉得是一件很幸福的事，我把这种创作的力量称为“爱”。

***

你爱的是你理想中的“我”，这个“我”要比真实的我好很多。没关系，你继续爱吧，我会努力成为那个更好的自己。

干净、纯洁的爱情就是，无论什么时候都不要从别人的角度去看待自己的爱情，也不需要和其他人讨论。

时至今日，我突然能理解这些自然规律了，现在我觉得当时的我既没有肥皂，也没有毛巾，蓬头垢面地、漫无目的地在街上游走。

如果我思考且直面爱情，而不是从侧面或从其他的地方来了解它，我就会思如泉涌，写出无数诗歌。照这么说来，似乎爱情和诗歌是同一回事，有着同一个源头。但这并不完全正确，因为诗歌不能代替所有的爱情，只是爱情的一部分。

我好像是在从它灵魂的深井中汲取活水，通过做这件事情，我在深井水面倒映出的面庞上看到了爱情的样子，我发现我能理解的爱情与井的深度是相匹配的。

它的脸在我的眼中不断地变化着，让人担心不已，就像是一颗倒映在深水里的星星。

***

有时我在自己的情感中迷失方向，就开始寻找大自然中的不完美之处。但它有时也会呈现一种真实，我所有的疑虑瞬间就像梦境一般烟消云散——就好像大自然击中了我的软肋。

它将看着你展颜微笑，照亮这个世界，让魔鬼无处可逃，所有的魑魅魍魉只能悄声遁形，人们就可以正大光明地站在阳光下。

而到了晚上，我想象着我的魔法已经消失殆尽，我不具备爱的能力了。那时我看到，我的内心一片荒芜，我的整个心灵就像深秋万物凋零的大地。牛被赶回牛圈，无论是黑漆漆的地方还是白雪皑皑的田野，都是空荡荡的，只有白雪上依稀留下了一些猫的爪印。

就像一个人在自己的幸福上磨刀。可以这样做，只是这刀不要伤害到自己心爱的人。幸福的刀子应该指向思想活动的绊脚石，而这个绊脚石通常就是我们自己。

沉默的力量。我们通宵彻谈。早上，在树林里我们的争论仍在继续，我开始为艺术辩护，认为艺术创造了一个更好的世界。我继而为艺术家辩护，而它则对人类针砭不断。

我们一边争论一边沿着林间小路向前走，不知不觉地走到了河边。岸上站着一匹灰白色的老母马，草地上躺着两匹枣红色的小马驹，这是它的孩子，一匹一岁多，另一匹刚出生不久。我们看着母马俯下身用嘴唇碰了碰它的两匹小马驹。

在马的沉默中，我们结束了那个讨论了一整晚加一个上午既没能讨论明白，也没能达成一致的问题，是无言的沉默帮助了我们。

没有被欺辱的地方。爱是建立在一种完全信任与无私奉献、更没有欺辱的基础上的。如果我觉得我有某些地方做得不好，那么我就会和我自己作斗争。我会站在朋友的立场看待自己，这样做，我可以发现自己哪里做得正确，哪里做得不对。如果我看到我的朋友侵犯了我的圣地，我就会像自己审视自己一样去审视他。

最可怕的一件事大不了就是我的朋友对我的建议无动于衷，那么我就会拿着我的行李离家出走，反正我的圣地无论如何也不能受到影响。

会不会是因为这个原因呢？他爱上了她，她很享受他的追求，也不知不觉地爱上了他。他爱她是因为她也爱他。而她痴迷般深深地爱他，是因为他也同样深爱着她。

他们就这样生活在了一起，越来越强烈地爱着对方，都为了对方好好地活着；如果对方需要，他们也可以为了对方放弃自己的生命。

神奇的爱情！你还记得它是如何开始的吗？看着他们，谁也不会想到，他们对对方的爱也是来自对自己的爱。

她对我说："上帝会保佑你，所有的恋人不是都应该先爱自己吗？即使每个人都是从爱自己开始，但每一段伟大的爱情都会诞生一些新的东西，比如孩子、新书和新的画作，都可以被视为是爱情的结晶。"

一场爱的运动。可能在其他人看来，她跟我了解的她，完全不一样。而现实中的我，和她爱着的那个我也完全不一样。我们爱着的都是自己幻想出的对方该有的样子。大概所有的爱情都是从这里开始的，从在心目中设定一个理想的计划开始。

但往往大多数人最终得到的爱情与最初理想中的爱情是大相径庭的。当初所谓梦幻般的“诗情画意”的爱情早已被抛诸脑后，只能寄希望于孩子们，或许孩子们能将它实现。

***

艺术的起源（对话形式）。

“为什么我们在和其他人见面的时候总是会表演、伪装自己，而不能展示真实的自己呢？”

“也许大家都是这样的吧？人和别人相处时的状态与人与自己独处时的状态是不可能完全一样的……”

“要知道展现出自己本来的样子，这样做能有什么好处呢？不展现真实的自己，大概是因为我们对自己不满意，想把自己变得比真实的自己更幽默、更有趣、更好，才会这样做吧。你觉得呢？”

“我觉得，这样做可能是因为害怕在众人面前赤身裸体，也可能是因为意识到不能将自己完整地暴露在众人面前……”

“要知道，这也许是最主要的原因，为什么我们给别人展示出的是伪装后的我们、带有传奇色彩的我们而不是真实的我们自己。无法向所有人展示我们真实的自己，这种情况，也许就是所有艺术的起源。”

隐匿罪恶的人。特别害怕与人亲近的原因在于，每个人心中都暗藏着罪孽，千方百计地用美丽的帘布遮盖它，让别人看不到罪孽的存在。当我们遇到陌生人的时候，我们也会对他展现出自己好的一面，这样一点一点地形成了一个隐瞒个人缺点的社会。

有一些天真的人，他们相信人与人之间的约定；有一些善于伪装的人，他们玩世不恭，泼皮耍赖，他们懂得利用常规，并把它当作一道美味佳肴中不可或缺的调料；也有极少数人，不满足于遮盖他们罪恶的想法，他们寻找通往无罪的道路，在内心深处始终坚信会有一个他或她等着自己，他们可以无罪地永远结合在一起，像亚当和夏娃在违背道德偷吃禁果前那样自在快乐地生活在人间。

事实上，天堂的故事至今已经被重复引用无数次了，但几乎每一段爱情故事都始于上苍注定的缘分。

***

臆想中的爱情结局。他们之间相互感激，非常开心可以遇见对方，他们努力想要把自己全部的真心都奉献给对方，就像是某种竞争；你奉献出了真心，我则要比你付出得更多，其他方面也是如此，直到全部给予，自己不留丝毫。在这种情况下，人们将自己拥有的全部东西都转交给了另一个人，认为这个人就应该完全属于自己，他们在余生中就用此来相互折磨。

这两个美丽而自由的人，直到有一天忽然发现，他们已经给予了对方自己的一切，已经没有什么可以再交换的了。在这种交换中，他们已经没有可以再上升的空间了，于是他们紧紧相拥，热吻，无怨无悔地分开了。

祝福你们，美丽的人们！

XIV. 深信

今天我们两个人来到松林（散步），我把头靠在她的腿上就睡着了。当我醒来才发现，她一直保持着我睡前的姿势，一动不动地看着我，我从她那双眼睛知道，她不是我的妻子，而是我的母亲……

今天，我突然认识到一个事实，那就是母亲是比我从前认知中的母亲更伟大、更美好的一种存在。

在理性的前提下，当生活中出现问题时，只能依靠听话、顺从把我们从复杂的生活难题中解救出来。你仔细观察就会发现，母亲的怀抱对孩子来说是一生中最好的支持。因为在母亲的怀抱中，我们可以感受到爱。

一个美丽的女人正在大厅里脱外衣，这时她的孩子突然哭了起来。这个女人弯下腰去哄她的孩子，她把孩子抱在怀里亲了一下。她是怎么亲她的孩子的呢？她没有笑，表情严肃，也没有向四周环顾，打量旁人，一直是严肃而认真的，她把全身心都投入这个吻中，就好似沉浸在音乐里一样。我能深刻地体会到她那时的心情。

童年时因为某种原因我们不得不与母亲分离，因此没有得到足够多的母爱。这样的我们经常会因为母爱的缺失而希望可以从其他的女人身上得到母爱的补偿，这个女人往往就是我们的妻子。我们渴望从妻子那里找寻童年缺失的母爱。

***

“你说这是爱，但我怎么只能从中看到耐心和怜悯。”

“对的，耐心和怜悯就是爱。”

“愿上帝保佑你！但是，快乐和幸福在哪里，难道它们被留在爱情的门外？”

“快乐和幸福是爱的孩子，是一种爱的衍生物，爱作为一种力量，本质是耐心和怜悯。如果你现在很幸福，生活很快乐，那么就感谢你的母亲吧——她怜惜你，独自承受了很多，才让你如此快乐地成长。”

比如说，一头雄狮看到另一头雄狮遭遇了惨事，它会在心里默默地盘算：“也许，我很快也会摊上这样的事。”然后它是否会对自己的老对手心生怜悯之情呢？又或者一头不久前刚失去了幼崽的雌狮，面对同样失去了幼崽的雌性动物，它的心肠是否会变得异常柔软呢？但最有可能是雌狮先流露出怜悯之情，它的这种情绪继而影响到了雄狮，让这个森林之王的心也跟着变柔软了。

人在自然界中开始繁衍生息，开始出现为爱而战的意识，渐渐地，人和自己的祖先有了区别。

女人是善良慈爱的，她用自己的鲜血和乳汁喂养自己那还未出世的孩子。在怀孕时期，孩子靠她的鲜血得以维持生命，生下孩子后则靠乳汁，孩子断奶后，女人就用她的爱抚育孩子。看看那些没有得到过母亲怜爱的不幸者，你会发现，人间的爱是唯一值得称奇的力量。

但这种普遍的力量，母亲特有的怜爱之情，母亲只会将它倾注在自己的孩子身上，只够自己的孩子享用。而男性的力量用来保护自己的家庭，这样一来所有权就产生了，男人们开始为了它而战斗，战斗带来了死亡，使相爱的人不得不分离。

是的，爱当然是一种力量，但人需要做的事情是将这种爱变成自己的一部分，与之相伴一生，直至死亡。

说到做到，爱的世界才会对我们毫无保留地敞开，我们每一个人不需要单独地打开它。你看，爱的世界就在我们手中，它就在这里——在当下的这一刻！

女人天生是富有同情怜悯之心的，每一个不幸的人在她身上都可以找到安慰。所有的一切都可以归结为母性，它是万物的源泉，当人们享受到了母爱后就会堂而皇之地说“母爱可以不费吹灰之力就可以得到”。这是多么大的谎言啊！

我的朋友，怜悯是可以滋养人的精神生活的乳汁。有时女性会积攒很多这样的乳汁。在自然界中，类似的事情也时有发生。有一次我看到一个乳房胀得满满的动物，走进小溪中，为了让自己舒服一下，让乳房感受一下这河水的清凉。这时河岸边有一条蛇向它爬去，缠住了它，并用嘴去吸它那胀胀的乳房。是呀，我的朋友，有多少女人在用自己的怜悯之心去喂养自己的蛇。

“需要想一想，要知道怜悯就是爱吗？”

“不是的！怜悯只是爱的一部分，就像狡猾是包含在智慧中的。但就像不能把狡猾当作智慧一样，怜悯也不能被称为爱。”

***

“母亲会跟在孩子身后走，保护她的孩子。我们每一个人都能感受到来自母亲如影随形般的关怀。于是我们根据这个创造出了女性——母亲的形象。”

但现在女性都工作：有的是医生，有的是售票员，有的是警察，有的还是建筑设计师……

她们以女性特有的方式努力地工作着，她们吃苦耐劳，任劳任怨，但无论她们做的工作有多么社会化，我们都很难把她们和自己的母亲区分开。

今天在地铁上，一位女警察挽着一个老奶奶，把她送上了地铁。这一幕是多么的温馨呀，这一举动不仅我一个人看到了，全车厢的人都看到了，大家都觉得这是非常令人愉快的场景。因为从这位女警察身上，我们看到了自己的母亲。

这里还有一个令人难忘的细节，一位女警察在地铁里遇到一个喝得醉醺醺的残疾人，那一瞬间在她的脸上闪现出了对警察这份工作的深恶痛绝。

女人知道馥郁芬芳的花朵离不开粪肥的滋养，这一点认知也是她知识的组成部分。而男人喜欢闻铃兰等花草的香气，他丝毫不想弄清楚这香气来自何方。这也是男人无知的原因。

***

历史不断发展，生命生生不息，女人也逐渐从男人的统治中解放出来。男人统治的基础在于男人更强壮、更有能力，所以男主外、女主内。正因为如此，大家都有了一种固定的认知，认为这种劳动分工，无论是在外边还是在家里，都是符合事物发展的本质规律的。而且，这在一定程度上可能确实如此。因此产生的问题是，这种成见一直以来被人们奉为生活的准则，所以女人一直屈于被奴役的社会地位，只能扮演阴暗处的傀儡角色。

彼得格勒饥荒时期激发了女人身上巨大的忍耐力，而战争将男人所有的优点（如肌肉、勇气、大度等）消耗殆尽。

母性是一种力量，它可以创造出从现在通向未来的桥梁，而现在成了唯一的动力。新时期典型的特征是伟大的母性，这也是女人的胜利。

一直走到寂静的森林尽头，也许你会发现，红菇是如何使劲用它那洁白而湿润的菌盖，将盖在自己上方带有苔藓、针叶、树枝和越橘浆果的土顶起。等一等，凝视这红菇，你一定会记得，在我们的民族中，在艰苦的年代里，当英雄们牺牲在田野间、山里、水中、空中的时候，女人悄悄地站了出来，为自己撑起一片天，把自己的生命掌握在自己手中。

现在这个“生命”的主题不就是在世界性苦难的各个时期被揭示出来的吗？不就是这个“母亲”正在孕育新的生命吗？我们人类共同的家园不就是在此时此刻，在人民的这些经历中形成的吗？

***

女人知道，爱情是需要用一生去经营的，这也就是她害怕和逃避爱情的原因。因此男人不要死缠烂打，你这样是追不到她的，因为当代的新女性知道自己的价值。

如果你一定要追到她，那么就请证明她为你付出是值得的。

***

“我的朋友！当我处在不幸中时，你是我唯一的希望。但当我身处快乐中时，我会把我的快乐和我的爱带给你。你问我，哪种爱对你来说更重要？是当我处在苦难中的时候，还是作为一个胜利者的形象，健康、富裕、享有荣耀的时候？”

“当然，”她回答道，“当你是胜利者时，爱情价更高。如果你是处在不幸困苦中，你追求我的目的，是为了把自己从不幸的深渊中拯救出来，那样做的话，你爱的只是你自己！所以要获得幸福，你要以一个胜利者的形象出现在我面前，这样才会更好。但无论你是处在痛苦中还是快乐中，我都会同样爱你。”

***

形象的诞生。在她的相貌中，有时我们可以看到孩童时的童真和满满的善意。

这大概就是大家所说的却很难理解的“爱”——爱决定了思想的品质。

这就是你必须了解她才能和她沟通的原因。

理解婚姻的本质，婚姻就像同心同德、彼此相爱的两个人共同走的一条道路，在这条道路上会诞生出新事物，有可能是两个人爱情的结晶——孩子，也有可能是两个人灵魂碰撞的火花——思想（形象）。

这就是生命的一般规律，也是为什么根据普遍的认知，在婴儿身上能看到人的最佳形象！

就是通过这个形象确定了人类文明的发展方向。

越是远离人类的动植物，繁殖力就越强。鱼儿靠鱼子繁殖，白杨靠杨絮播种。而人，人的能力提高得越多，越接近完美，他就越难繁衍后代。最后，他只能活在自己的理想世界中。

早在拉斐尔那个时代，拉斐尔就明白这个道理！“而我现在才知道……这其中的内涵只有当一个男人真正经历过刻骨铭心、永生难忘的爱情才能真正了解。”

***

人性的诞生。母性是一种我们男人无法直接得知或理解的特殊力量。这是一种怎样的力量啊，你可以从一位照顾三百个孤儿的母亲身上看到（在彼得格勒孤儿院里）这种特殊的力量。而在一个普通的家庭中，有多少这样巨大的力量被白白浪费，这是多么大的浪费啊，多么落后的家庭啊！

有一些妇女意识到了这一点，她们感到受制于家庭，她们惧怕家庭这个牢笼，她们想摆脱性别的束缚，发挥自己独特的母性力量。

正是出于人们终生不断自省的这种能力，从而产生了艺术和知识，尤为重要的是，人性也由此诞生。

人的成长，当然也像自然界中的万物一样，骨头和肉体都在生长，同时，人也会畏惧这种生命的增长，会不断地问自己：“在我身上到底发生了什么事呢？”只有了解了自己的过去，人的思想才会逐渐走向成熟。但并不是只有人才会成长——小狗也在长大，自己是一条狗的意识会不断地加强。

其实，自然界中生命停止生长的地方，就是新生命诞生的起点，这里是指人纯粹精神层面的成长。令人敬佩的人直至生命的最后时刻都在不断地自我完善。后辈们在前人的精神影响下陆续成长起来。

XV. 理解

爱情是相互理解，或者是一条通往同心同德的道路。爱情中的理解有的是始于人与人身体的触碰，这就类似春汛时水对大地的理解，春汛过后，地面上出现一片河滩地。水流走了，会留下一片并不美丽的泥泞，但这是流水理解的大地，在这片河滩地上慢慢生长出无数植被和花朵，变得越来越美丽！

于是，我们每年都会在自然界中看到，大自然就像一面镜子一样，我们可以从中看到人类特有的思维、只有人才能认识到的身心合一和重生。

我不由自主地联想到爱情。如果把爱情分成情欲的爱情和柏拉图式精神层面的爱情，那么人的生命也可以分为肉体和精神两个层面，但不管怎样，生命最终都会走向死亡。

***

任何人的生活都离不开爱情，爱情是我们赖以生存的源泉。所有的剧目，无论是悲剧还是喜剧，无论是古代的经典著作还是莎士比亚的作品，再到当代作家的作品，从古至今的文学作品也都离不开爱情。爱情推动人类的道德行为不断向前发展。

令人感到奇怪的是，为什么我对人类的生活所知不多，却可以一直创作，而且还能写出成功的作品呢？大概是因为如果诗人写出的作品都是基于自己真实的生命体验，也许不需要太多的人生阅历也可以顺利地创作出诗歌。

列夫·托尔斯泰、罗扎诺夫等人从自己经历的爱情故事中总结出关于“爱情”的经验之谈，他们写出的那种“爱情”是一种令人感到悲伤的爱情——这种爱情是男性和女性的结合，但对现代人来说是远远不够的。

爱情是繁衍生息的节奏。汽车开起来汇入喧嚣的车流，而人类的繁衍是因为爱情。但新生儿的出生和成长也伴随着节奏，不知为什么，这个节奏也被称为“爱”。

“为什么也叫爱？”我问道。

“因为，”她回答道，“男性和女性之间的爱在前，创造出新生命的爱在此之后。但一直以来我都认为，这是两种生命力量，无论是两性的力量还是新生命个体的力量，它们的核心都是同一种力量——爱。”

***

《卡门》[1] **与爱情**。自然界的水和爱情一样，只见其形，不见其魂。在这样的爱情滋润下，万物都闪闪发光，整个世界变得十分美好；但当爱情消失，仿佛春汛过后，春水带走了一切，只剩下一片滩涂。

1　歌剧《卡门》是法国作曲家比才于1874年秋完成的一部歌剧，它是当今世界上上演率最高的一部歌剧。——译者注

然而，在人类的爱情中，存在真正的永恒与责任。

莎士比亚的创作之路。昨天我读了莎士比亚的《罗密欧与朱丽叶》，才知道莎士比亚生活在一种永恒的哲学混沌的氛围中，他的唯一出路就是他的诗歌创作。与敌对势力的斗争，最终形成悲剧性的爱情故事，这就是我现在所写的有关性别的哲学。对“普通人”（奶妈）的描写也是成功的，这就是这个时代赋予的东西。

我读了《罗密欧与朱丽叶》后，感觉到这本书和所罗门所写的《雅歌》[1]有异曲同工之处，这使我倍感惊讶。这两本书的作者都认为爱情是肉体和精神的统一。我的这种印象来源于朱丽叶最纯洁欲望的坦率表现，肉体的圣洁被显露出来（这是现实主义的起源）。

***

什么是干净纯洁的东西呢？是白布、白雪，还是白糖？白布会变脏，白雪会被太阳晒化，白糖会被水融化。什么是干净纯洁？如果可以留住它，它自己会随着时间消失吗？纯洁就是能让你看起来变得更年轻的东西！

我记得所罗门在《雅歌》里是怎么谈纯洁的，我知道，但我不敢亲口将它说出来。

我觉得所罗门是最伟大的作家。他为大家写了《雅歌》，但他自己一无所得，在他的伟大创作之后，世界上的一切对他来说都

1　《雅歌》是《圣经·旧约》的一卷书，共8章，作者是所罗门。该卷是神儿女最宝贵的一卷书。——译者注

成了毫无价值、虚空的东西，正如他在《雅歌》中写的那样：“一切都是空虚的空虚，虚空的虚空。”

“伟大的智者，”我对所罗门说道，“你是否有必要把这首《雅歌》送给百姓呢？你在这其中付出了巨大的努力和心血，创作完成后，你周围的世界都变成了虚空的世界。如果你是一个真正的智者，也许你会把你的作品留给自己，这样在你老去时，这个世界就不会让你感到空虚。”

“当然，米哈伊尔，”所罗门回答我说，“你讲的部分是对的——面对一些事情我们最好保持沉默，这样才能获得更平静的生活。有些事情甚至是在讲给人们听之前，你就已经预见到了自己的未来生活会变得无比空虚，但还是有必要把它讲给人们。我的《雅歌》就是这样的作品，我要通过它来拯救人世间的爱情，哪怕自己得到的是空虚。”

***

只有艺术家才能获得纯粹之美。伟大的艺术家在他们的作品中早已描绘了全部有关女性的问题。在创作《米洛斯的维纳斯》[1]的雕塑形象时，大师试遍了所有男性与女性的比例，希望能把两者美妙和谐地组合起来。最终他发现，只需完整地保留下女性形象即可，但这个女性形象不应当只体现女性顺从的一面，还应该发挥女

1 《米洛斯的维纳斯》（又称《米洛斯的阿芙洛蒂忒》《断臂的维纳斯》）是古希腊雕刻家阿历山德罗斯于公元前150年左右创作的大理石雕塑，现收藏于法国卢浮宫博物馆。——译者注

性特有的魅力，让视觉的冲击感更加强烈与清晰。

人们生活在爱情中，不会注意衰老的来临，即使发现脸上出现了皱纹，也不会去理会——这不是重点。所以，如果人们相爱，那么根本就不需要化妆。

民间故事。我们以前一起工作的女二友阿克秀莎来看望我们，我的妻子和她交谈了一会儿。

“想象一下，”我的妻子对我说，“当阿克秀莎知道你差点儿死掉的时候，她对我说‘这回别墅就归您所有了，您住在里面一定很惬意’。”

“我很惊讶，你竟然这么生气，”我回答道，“阿克秀莎是那种为自己每天能有面包吃而祈祷的人，对这些人来说，人间的福祉是上帝的慈悲。她把别墅理解为上帝对失去丈夫、朋友和经济支柱的女人的怜悯。”

妻子没有再说什么，转身走开了，之后她给伊莉莎打了电话，跟她打听了一下马克西姆和达丽娅的事。

“说吧，伊莉莎，”她问道，“你是从哪里找来的这些乞丐的？”

“这些人都是经常来我们这里讨饭的乞丐：三十年来，他们一直在我们周边的村子里转，乞讨，露宿。他们在附近三十个村子里到处闲逛，非常清楚哪里可以为他们提供住的地方，哪里不行。”

去年夏天，达丽娅一个人光着脚，赤身裸体地走在路上，一边走一边痛苦地哭泣着。

“你为什么哭？”

“马克西姆死了。” 达丽娅回答道。

我们安慰她说：“不要伤心，达丽娅，我们都了解你，没有马克西姆，人们也会施舍给你东西的。”

“我亲爱的朋友们，”达丽娅回答道，“我哭的原因，难道是为了我自己？我为他哭泣，他再也不能陪在我身边了。我们曾经坐在小溪边的草地上，收集一些木屑，把水倒进小锅里，用木屑烧水。马克西姆则会从袋子里拿出几块面包，面包皮留给他自己，把面包瓤让给我吃。当晚上我们睡在某个炕上时，他总是让我挨着墙睡在里面，他自己则睡在靠边的位置。当我们在村子里散步的时候，他会让我走在前面，并在后面用棍子将狗和调皮的男孩赶走。虽然我们过着颠沛流离的生活，但每一天都活得很开心。”

这个故事——就是一个描写俄罗斯人鲜活灵魂的例子，我说的关于阿克秀莎的事就是我对死亡的思考。

新的事实。在我们的关系中最令人感到惊奇的事情是，我以前从不相信的事情现在竟然相信了。比如，我相信了爱情，相信了生活是可以充满诗意的，相信了以前认为只是一些传说的事情，明白了生活中存在着比我们知道的普遍真实性更为宽广的现实。

笃定某些事物的存在，即使它们用陈旧的概念也无法解释清楚，但仍对其存在坚信不疑。这些关于真理和上帝的概念，以及我们所说的“神秘主义”，正在变成毫无意义的废话。

没有话语，没有神秘主义，只剩下实实在在的东西——地球上有一些珍贵的东西值得我们为此开心快乐地生活和工作。

***

每一个经受住美色诱惑的年轻人，每一个正直的和能养活自己的男人，都有着属于他自己的童话故事。在这个故事中，女主人公是他心爱的女人，整个故事讲述的是一份不可能得到的幸福的可能性。

此时，在这个男人面前适时地出现了一个女人，这个男人会想：“她不就是我一直在等待的那个人吗？”随后，他得出了自己的答案：

“是的，是她！”

“就像她一样！”

“不，不是她！”

非常少见的情况是，这个男人，连他自己都不能确定，面前的这个女人是不是他一直在苦等的那个女人，他反问自己：

“难道是她？”

通过两个人白天的接触和毫不拘束的沟通交流，男人惊呼道：“对的，就是她！”

而到了晚上，当男人再一次回忆起当天的情形时，他会感到体内有一股神奇的生命电流流过，认为奇迹发生了：童话变成了现实——毫无疑问，眼前的她就是他苦苦等待的那个女人！

在生活中，这种诗歌变成现实的情况是少之又少的。

有的人在襁褓中就被爱包围，但这种爱并没有多到能从心中溢出来，而是被一个大坝挡住了。爱的河水就变成了四周被最纯洁的白百合装饰的一潭死水。这些白百合是我对大地的赞美诗篇。而大坝是爱情中感性的一面，有别于整体的爱情。大坝也期待着爱情的来临，但被大坝堵住了的爱情之水在心中自由流淌。

有时，在你生命中会突然出现一个人，不管他/她来得是不是时候，你心中筑好的大坝会突然坍塌，心中所有储藏的爱情之水一下子都倾泻而出。

我就是这样的一个人，因此我知道，俄罗斯人中还有好多这样的人。

最令人感到诧异的是，我从没遇到过那种初次见面就给我留下了深刻印象，让我朝思暮想、夜不能寐的女人。而都是在两个人的相处过程中互相慢慢了解，被彼此有趣的灵魂吸引。两个人的灵魂慢慢靠近，只不过这是一个十分漫长的过程，然后再将两个人的身体慢慢靠近。在这个过程中，丝毫没有灵魂和肉体的脱节，也丝毫感受不到肉体结合后的害羞和自我责备。这是一段完美的爱情。

我几乎可以完整地回忆起，在我的诗篇中，我是如何描写她那双美丽的眼睛，她多彩的笑容，她第一滴因喜悦而流下的眼泪，她的吻，以及两个人身体合二为一亲密接触时的炽热。

在我看来，从前人类犯下过错，古代的神会采取流放的方式对他们进行惩罚，惩罚后会再一次赐予人类恩典，把由于不听话而中断的继续创造古代世界的职责交付到我的手中。

***

霞光和水。晚霞倒映在水中，岸上的人看着它所在之处，心里感觉它一点点消失不见。早晨，朝霞升起，从天空中向水发问，水也回应着朝霞——朝霞问什么，水就回答什么。

灵魂问什么，物质就回答什么，一问一答，共同构成了人类意识的运动。

世间万物也是如此。一片绿叶在细枝上随意摇摆，树根深深地扎向大地，这是大地做出的回应；一个婴儿手握母亲的乳房请求哺乳，他的母亲用乳汁回应他；地球上所有生命的父亲——太阳洒落万丈光芒，大地热情地回应它。

话题转到我刚完成的一个中篇小说。瓦夏与季娜[1]是一对双胞胎，但他们之间的关系，就好像我与朋友的关系。我们成人可以借用这些孩子的形象来剖析我们自己。当季娜安静地用她那双深邃的眼眸看向瓦夏的时候，瓦夏觉得季娜比他自己都要了解他。

这就是为什么有时当他自己无法弄明白某件事的时候，他会先说给季娜听，季娜专注地看着他的时候，他自己就会突然想明白。这真是太神奇了！就好像当一个人遇到难解之事，只要看着季娜，就会豁然开朗……

当季娜沉默不语的时候，瓦夏可以猜到她的想法，然后和她说呀说……

1 笔者中篇小说《船舱》中的人物雏形，这些人物后来有了其他名字。——作者注想给一个人送礼物，我们首先要了解这个人。爱情是以互相了解为前提的，礼物是可以送的。他给她送礼物，她再把这个礼物分享给大家。

书籍也是在从一个人拥有到分享给很多人的过程中产生的。诗歌的出现离不开女人，就像人类的繁衍离不开女人一样。

***

我有一部未写完的长篇小说，开头是这样的：

我不止一次在林间草地上看到一只断翅的小鸟。它处于极度恐慌中，时而停下来听听周围的动静，时而用受伤的翅膀粘住小草，时而像一只老鼠一样四处乱窜。趁着它的翅膀粘住小草的时候，我用手掌捂住它，它的心脏跳动得是如此之快，它那双黑亮的眼睛里闪着光，它用锋利的喙啄我布满茧子的手指……

我们初次见面时，你像一只美丽的鸟儿，又像一只折翼的燕子。

我和她就像两只在空中久久盘旋的飞鸟，疲惫不堪的我们坐在十字架上休息：一只鸟儿停在右边，另一只鸟儿停在左边。

生活中应该历经千辛万苦，而十字架意味着休息。

人会本能地逃离十字架，就像所有的生命都要远离死亡一样。而你，我的朋友，快跑！请远离死亡！成功逃离后，你需要休息，要快乐甚至要唱起歌、跳起舞。总之，在你的心还没有感受到爱之前，你什么也做不了。

诚然，我们需要等待，我们要不断寻找，并为爱而奋斗。

当真正的爱情来临的时候，即使与之伴随的是十字架，也会让人感到轻松和愉快。

***

“为什么你不像我们期待的那样坐下来写一部长篇小说呢？”她问道。

“因为今天的人不需要这些，我也不知道未来的人是否会对我的作品感兴趣。”

“那你的朋友呢？”

“我和我的朋友始终生活在一起，我为什么需要写作呢？”

“要知道，我们从一开始就一致认为，我们相爱但并不是为了我们自己——我们希望所有的人都能克服痛苦并最终收获爱情。”

诗歌并不是用来简单地再现生活，而是对现实生活的评论。为什么我们需要时间，就是为了把我们在生活中经历的事、产生的感想或所谓的“现实故事”当成创作诗歌的素材。诗人和法官需要时间，是为了厘清事情的来龙去脉，然后去一一评价哪件事是有罪的，哪件事是无罪的，希望创造一个充满信任的社会。

XVI. 出发

我们已经起航，离我们出发的地方越来越远了。

汹涌湍急的河水流向大海的喜悦感，应该被叫作什么呢？是自由，还是爱？想拥抱整个世界，世上的人并不都是好人，但你的眼里只会看到好人，因此你觉得世上所有的人都是好人。绝大多数的人的一生都拥有过类似的快乐，但很少有人能正确地使用这些宝贵的财富。不是轻易地把它挥霍掉，就是从不相信它是真实存在的，更普遍的现象是从宝贵的财富中快速地抓取一些，让它们填满自己的口袋，然后守着这些财富过一生，成为财富的所有者或成为财富的奴隶。

一对鲄鱼开心地向自己的猎物——一条蚯蚓游去，但很快它们在清澈的水中发现了一个钩子，这个钩子上钩着它们的目标猎物。如果鲄鱼不肯咬钩，我们就会脱掉鞋子，用脚将这清澈的河水搅浑，这样在浑浊的河水中，鲄鱼就会咬钩了。它们之间的爱情在清澈的水中开始，在浑浊的水中得以延续。当然，这是在这对鲄鱼互相表白 “你是我的”后才会发生的事情。它们咬住钩子上的蚯蚓后，这对鲄鱼最开心甜蜜的时光就被夺走了，它们会被打捞到干涸的河岸上。

就这样，我们能写出自由和纯粹的爱情诗篇，处在爱情中的人，他们会没有自我，心中只有一个“你”。

***

爱情就像口渴的人走到流动的河水边一口气喝个够，或是为了不时之需，用水桶舀起水并把它带走。而河水会继续流向远方。

没有哪种力量可以像习惯的力量那样，让我们对人类的伟大成就视而不见。这就是为什么旅行者喜欢旅行，因为在旅途中会破坏平时的习惯，就像霜打的叶子会离开树枝一样，到了春天，我们灵魂的光秃秃的树枝上又会长出新芽。这新芽会让我们兴奋不已，仿佛生活又重新开始了一样。

人在为自己奋斗的过程中，就像蚕一样，会被自己织的网缠住，人类的这些茧叫作习惯。诗人要做的事情就是打破自己的茧，变成一只蝴蝶破茧而出，向那些仍然处在习惯中的人高声呐喊——时间到了，是大家飞出来的时候了。

冬天的时候，我得到了一件极好的灰色防水雨衣。春光明媚，之后天气渐渐热了起来，那件雨衣我一次也没有穿过。夏天烈日炎炎，秋天秋高气爽。所以第一年，我的雨衣就一直挂在衣柜里，每次在衣柜里翻找衣物时，总能见到这件雨衣。每当我拥有了一件好东西，这件好东西带来的愉悦感就会被我放进家里灵魂的储藏室，因为这种愉悦感有助于我与大自然的沟通。

第二年天气仍然干燥无雨，当第三年延续了去年的情形时，人们开始谈论，这是因为太阳黑子的特殊位置导致的气候变化。

到了第四年，终于迎来了一个多雨的春天，四月底山鹬就飞回来了。于是我从家里的衣柜里拿出了那件我珍藏的防水雨衣，穿上雨衣就去打猎了。这时才发现，这件雨衣让我白白留了三年，才经历第一场雨，我的雨衣就被淋湿了。

我们在灵魂的宝藏中保留了多少这样不值得保留的东西呢?

***

一个人为了一个规则或方法贡献出自己的生命和自己的幸福，而另一个人在寻找幸福的过程中把各种规则视为敌人并与之斗争。

活了很久很久的树，虽然早已过了伐期龄，但依旧傲然屹立。由于天气寒冷，树皮开裂，小蠹虫啃食树皮，啄木鸟消灭树皮下的害虫。

我们人类一直站在原地，感受不到自己的灵魂，也感受不到生命在一点点流逝，像这些树只能感受到自己是木头一样，我们也只能感受到自己没有灵魂的躯壳。树皮被小蠹虫啃坏了，害虫已经被啄木鸟消灭，而我们还躲在自己的躯壳中，认为自己这么做是为了活下去。

我们每个人都有属于自己的位置，我们每个人都要确定自己的位置。如果你能找到自己的位置并站在属于自己的位置上面，那么对你来说这是件好事，对其他人来说，他们会觉得你站在这个位置上，所做的一切都只是为了他们。

工匠站在那里，为人们锻造脚上戴的铁环、手上戴的铁链，人们开心地戴上铁环、铁链，并称它们为习惯——一种幸福的替代品。

还有一个工匠站在另一个地方，他在为人们打破习惯的枷锁，创造真正的幸福。

***

我们从未听说过爱的艺术家，就像我们从未听说过文字或声音的艺术家一样……艺术家创作活动的本质不就是捕捉一个偶然的现象，或者说一个瞬间，不就是像松鼠为了拿到一颗坚果从一棵树飞跃到另一棵树上一样吗？就像松鼠咬开坚果壳取出坚果，艺术家的工作就是捕捉到这一瞬间，让这一瞬间静止，使之成为永恒，将一种偶然转化为一种规律。

爱的艺术家不就是一直在做这样的事情吗？他们发掘出人身上的爱，像坚果一样，用坚硬的外壳把它封存起来。

在这种对爱的全新注解中，唯一的新意就是“连接”，这种连接就像以前被浪漫主义者理解为堕落一样，它变成了将两者结合起来成为一个存在的统一体的手段。爱的艺术家是无限自由和慷慨的爱的创造者，而不是爱的消费者，他们是爱的拥有者。

“米哈伊尔，你的铃兰开花了，就在某片绿叶后。许多人从它旁边经过都没有注意到它，而你注意到了，这就是独属于你的幸福。之后只有一个女人注意到了那片绿叶后盛开的铃兰，她并没有把它采摘下来，而是俯身欣赏。”

***

昨天晚上我们决定，由她把我的笔记编辑成一本描写我们之间爱情故事的书。在长时间的交谈中，我感受到她善良的光芒照耀在我身上，透过这份善良，我坚信，生活本身也是美好的。

在遇到她之前，我内心深处根本不相信世间有善良存在，同样，我也无法理解爱情是生命的推动力。但我对它无比渴望，我每天笔耕不辍，不断地创作，我对自己所写的东西是存有信心的，读过我作品的读者朋友可以为我证明。

每当有人说我的作品写得不尽如人意的时候，我就开始思前想后，怀疑自己的写作能力。我渴望的一切美好，第一次被定义为现实，作为我可以触摸到的最本质的东西，只有当现实——这位"读者朋友"阅读我的文字时才能感受得到。它早在我之前就对这一切了如指掌……

一束笔直的光。春天的太阳出来了，这就可以理解为什么动植物都开始欢呼雀跃起来。你还记得这些看似不起眼的小事，在水面上浮现的第一根绿草，或者是一颗美丽的白杨树种子，它像毛毛虫一样落在干枯的草茎上——一切都在细微中彰显伟大——这一切都被你尽收眼底，你可以在自己的内心中找到它们。

那里的天空一定会出现太阳，而在内心深处一定会出现你穷其一生等待的东西。而这里，如果有连接太阳和她的一座小桥就好了，但事实上并没有这座小桥……确实没有！整个人都处于这种不幸之中！

在我身上发生过类似的事情：突然间我的灵魂会被照亮，就像万物被太阳照亮。我对我的女性朋友说："让我们走吧！"她回复我说："好的！"于是我拉起她的手，我们径直朝太阳的方向走去，并没有考虑任何有关桥的事。

“放下春天带给你的焦虑吧！你可以放心，你已经达到了你的目标，你已经追赶上了你的春天。”

不，我的朋友，要知道属于人类的焦虑才刚刚开始。当你追赶上了春天，达到了自己的目标时，它才真正地出现。要知道你现在是一个人，不会有人问你：“你一个人，你能做什么呢？”

对单身汉征税……不，税收主要应该来自对自己生活满意的两个幸福的人，他们不用为第三个人负责。

有时候，你写一些东西，想象着这些作品是写给一个朋友的。你想让这个朋友来找你。当然，你不会这样写：朋友，在这里，来找我吧！你会把你知道的一切都告诉他！你们达成了协议，你和你的朋友成了一个整体。所以呢？作品完成了，你们之间的关系并没有结束，相反，你们两个人成了一个整体，像一个人，但你们组成的整体又变成了一个孤独的个体，它又需要开始寻找其他人了……

有这样一些人，他们每个人都有很多孩子，但他们还想继续生，继续生…… 同样，我们想要一个朋友，一个足够大，可以拥抱整个大自然和所有生命的朋友。

她说，她是一个人。

“我也是一个人。”我说道。

“不，你有你的读者。”

“好吧，”我回答道，“如果我不在人世了，我会把我的读者遗赠给你，你也就不会孤单了。”在这一点上我们达成了一致。

现在有那么多恩爱的夫妻，但谁都没有发现，他们爱的都只是自己。有比在家中彼此相爱更让我们感到担心的事。这事是什么呢？我会这样回答：“让人担心的事情是有的，但还没有人知道它具体是什么事，我们只能隐约感觉到它的存在。”

昨晚送她离开后，家里只剩下我一人。我知道，她很快就会回来，到那时我们就又可以在一起了。要说没有她在身边我感到很无聊，其实并不是的！但在我们分开的时候，我们之前的经历就会在我面前展现出它们真正的意义。

我并不是害怕孤单寂寞才去爱的，要知道，我所有走过的路都是从一个人开始的，然后慢慢走进大众的视野中。

音乐承诺在通向永恒的道路中会和我们始终在一起，但当我们到达终点后就不再听音乐了。音乐把我们带到了终点再独自回到起点。

只有真正的朋友会用自己的手臂担负起我们留下的一切，我们将这样的人视为朋友，他们可以为我们两肋插刀。

成熟。直到现在我才能看清自己。我是这样想的，我们每个人大概需要长时间的成长，才能获得这样一种不再从自己的角度，而是从旁观者的角度审视自己的能力。这就像一个人成熟了，可以清醒地认知自我。

XVII. 美妙的一瞬

世界是亘古不变的，它对我们转过身，让我们去放手一搏。我们的幸福就是去直面世界。

小时候，在我记事之前，我一直活在对世界事物的好奇和思考中，会思考世界事物本来的样子是怎样的，而不是像后来让我迷失方向那样，呈现出的不是它本来的样子。

事实上，在这个世界上存在着那些只有在孩子和恋人的眼中才能看到的美好事物。其他那些不美好事物都是由疾病和贫穷造成的。

大自然的美吸引着我的灵魂不断向它靠近，我相信，这种美本身就存在于这个世界上，我只是简单地吸收了大自然的美。

当我感到自己心情不好或不舒服的时候，映入我眼帘的是所有不美丽和不友善的东西，这时我认为自己是有罪过的，因为我在戴着有色眼镜看这个世界。

这其中包含着我的所有有关保护生态环境的规则，多亏了这些规则，它们是我创作道路上不断前行的动力。

人们有时从他受尽磨难的生活向外望，就像透过一扇窗子，看到在自己周围，有茂密的嫩草，有许多小昆虫和小蟑螂，有许多男孩和女孩在荡秋千、滑雪橇。在太阳金色的光芒下，他会在静谧的欢乐时光中看到很多东西！也就是说，被释放的灵魂看到了在生活中应该被人看到的现实，以及现实本来的样子。即使在大病痊愈后，人们依旧希望世上如果没有任何痛苦和疾病就好了！

***

从某种角度来说，如果你看到生活中的一切都是那么精彩、那么美好，甚至人与人之间的关系也是那么和谐，你就不再想去寻找更好的东西。一直在生活中寻觅某些东西的那个人，一旦有所得，他就会立刻停止寻觅的脚步，安于现状。出于上面的原因，他认为他已拥有的一切都是那么精彩、那么美好、那么和谐。

有些属于你的东西，一直放在那里等你发现它，放的时间长了，东西上落了灰也变了质，而你呢，却一直在四处寻找，甚至抓起了别人的东西冒充是自己的。

人的智慧就在于要学会利用生命中短暂的停顿，在那一瞬间，你可以尽情想象。没有你，生活还是会继续。

在一段紧张忙碌忘我的生活之后，应回归自我，稍作休息，再回归到社会中做那些自己日常应该做的事情。

“你去哪里了？”有人问智者。而智者微微一笑什么都没有回答。他去了那个即使没有他，生活依然井然有序的地方。

是的，短暂的忘记一切，然后再一次迎接那个没有你参与的生命。

晚霞红彤彤的，太阳的余晖只能照亮树梢，树梢以下的部分迅速变暗了，一轮静候多时的皎洁圆月已为接替太阳做好了充分准备。

太阳的光辉从参天大树的最尖端消失了。

艺术家放下了画笔。

“差一点儿就完成了。”他说道。

“现在您打算做什么呢？”我们问道。

“不做什么，”他回答道，“在等待夕阳西下的傍晚，只要那么一会儿就好。”

“但这样的一瞬间在大自然中是不会重复出现的——过去了就过去了。”

“当然，过去了就过去了，是不会复现的，但在大自然中会有类似的现象出现，我会在脑海中记住这不可复制的景象。”

“难道真的能做到吗？”

“当然能！一个人如果没有办法记住一个不会重复出现的景象，他如何能称得上是一个人呢？”

越是美好的日子，大自然越是执着地呼唤和挑衅我们：多么美好的一天，而你成了什么样子！每个人是怎样生活的，大自然就以同样的方式回应他。此时此刻，艺术家是天底下最幸福的人。

沉浸在森林、田野、街道，浑然忘我而突然回归现实，是多么惬意啊！

瞬间觉得没有自我的世界依然美好。

但可以想一想，当你作为第一个步入这片新土地的人，亲眼看到这个世界的时候，你遇见的并不是混乱不堪的生活，而是认清了自我，认识到自己本来的样子。

这种发现自己没有涉足过的世界的能力，或者说有时在一个新的土地先感受自己的能力，大概就是丰富了艺术家的文化。

你行走在街道上，在熙熙攘攘的人群中穿梭，你集中注意力想着自己的事情，思考着自我。突然发生了某件事，你就会有所感悟。在森林中同样如此：你突然遇到自己从未经历过的生活，无论是枞树，还是白桦树，都以自己的方式生长着；这个“以自己的方式”应该算是创作过程中一个最重要的因素。

与浮士德[1]的争论。虽然雪下得很大，但地面上看不到雪，如此一团团、一簇簇的雪飞落下来，落在地上瞬间变成了水。我想，从本质上讲，我们每个人也是一片雪花，虽然人生是短暂的，但是要认真对待每一分、每一秒。瞬间的不朽——是我们生命的组成部分，那是所有艺术创作的根基。浮士德这个人物的生命可以戛然而止，但歌德的作品《浮士德》是永恒的传世之作。

一片晶莹剔透的雪花在云中是如何形成的，如何与另一片雪花相遇，又是如何变大、变重、坠落的呢？当它接触到温暖的地面的那一瞬间，就变成了水……

雪花的寿命要比人的寿命短得多，但也许它在短短的一生中

---

1 浮士德是生活在15世纪的一个真实人物，德国作家歌德以16世纪关于浮士德的民间传说为题材，创作了一部长达12111行的诗剧《浮士德》。——译者注

经历的事情要远比人在一生中经历的事情更多一些。

其实，我作为一名作家的所有“行为”，都是为了让我视为孩子的作品能成为永恒的雪花,用艺术去不断地纠正我所有的缺点。

洁白的雪花静静地从天空中飘落下来，这是一种无声运动。这里面聚集了多少幸福和快乐啊！我想到人的一生一直都是在和自己的天性作斗争，留给人的是什么呢——罪恶和劳动？那么，人活着是否值得呢？

不，人的天性就是这样，就像一个猎人，长时间的蹲守和等待，而捉到猎物只是一瞬间的事，但有了这一瞬间，一切的等待都值得了。

事实上，人生不是一本账簿，也不是建立在算计上，而是应该建立在慷慨给予的基础上。

***

生命是伟大的，只是我们的意识少得可怜。

生命就像空气一样，没有形状，抓不到也摸不着，但如果你能让人们切实感受到生命的存在，那么人们赞扬的就不会是能感受到的生命的幸福，而是会称赞你成功地向人们展示了生命的样子。

大概这就是为什么这件事在你看来很奇怪，你一直在鄙视自己，因为你认识生命。当赞美生命的时候，人们赞美的和关注的的确不是生命本身，而是作者。

不在远方，而是近在咫尺，所有的生命都尽在你的掌控中，只是你不能像看太阳一样去看它，对此视而不见，你把自己的目光转移到遥远又美丽的地方。而你到了那里后，才会明白围绕在你周围的生命，以及这些生命拥有的力量、美丽和善良。因此你用一生来宣传它都是不够的！

我的祖国。在一片森林里，我仰望高高的树尖，将自己的思绪放飞，让它飞得很高很高，几乎可以够到天上的星星。忽然，从哪里传来了啄木鸟有力的敲击声，我喜欢这片家乡的土地，在这里，家乡的啄木鸟像以前那样啄着树干……

也许，这就是为什么我们珍视深邃的思想，因为我们欣喜地自高处回到地面的感觉就像是回到自己亲爱的家园。或许，正是因为这一点，我孤独地站在高处，但在内心深处带着无比喜悦听到了家乡啄木鸟的敲击声。

“好好吃吧！”母亲对我说。上帝啊，我狼吞虎咽地吃光了所有的菜，我的身体因而十分健壮。在人世间，我竟然找到了天堂般幸福的生活。

我坚信，人本身就包含着永恒，地球上所有的生命都是为了猜测永恒而存在的，并在地球上用自己的双手建造了一条通往永恒的阶梯。

在一片夹杂着荨麻草的杂草地里，悬挂着一架自尘世通往天堂的阶梯。你可以感受到永恒的甜蜜，你只是不想在荨麻草中乱转。但你知道，这条个人之路是从共同利益的茂密杂草地开始的……

对个人而言还有另一个选择：不是要踏着永恒的阶梯去往天堂，而是要回到尘世。回来帮助我们吧！

你看我们这片土地上有多少个鲜活的例子：陨石坠落到我们这片土地上——这是一整片的花海；这里的林间小溪在歌唱——这是这片土地上曾经爱过的人们的心声。人们在修剪花儿，美丽的花儿被剪落，但感觉不到疼痛，还会为了带给大家喜悦而重新出现。还有那些精心打理自己五颜六色羽毛的鸟儿，是多么的自由自在。在我们的土地上，有这样的日子，叶腋处的一滴露水，一整天都没有干透，还在闪闪发光，带给人们欢乐。我总是怀着感恩的心看着这尘世间的点点滴滴，我知道，也有这样的人们……

而自然界中最美的东西莫过于人本身，这里是善与恶的战场，人只有通过战斗才能成为胜利者。

那一滴露珠，让我一瞬间就把自己的一切和我的整个世界结合在一起，那就是永恒和不朽。

当露水干透，我就“成熟了”——这不是死亡，因为无论是露水，还是我和露水俨然已经成为我们看到的那个永恒世界，只是成熟了，一切结束了。但还可以继续努力向那个方向发展——可以通过创作创造永恒。

把自己的力量放在成就这个美丽的世界上，这是一种不朽的方式，而其他任何方式都是一种统治的方式。

***

我们创作的作品应当与劝诫一样最终是为人们服务的，我们应当以此获得满足，而不是一味地说教。

人们需要关于人及智慧的抽象说教，总而言之，是为了“教导”人们摆脱无休止的内心思考带来的疲惫；想加固日渐枯竭的泉眼，让它们停止流淌，将这些泉水敬献给人们，把它们方法化、机械化……

慢慢地知道了，没有必要那么费尽心机去搜集资料，因为看一眼就足够了，你可以理解为这是对自己更有信心的一种表现。在科研工作中，人们做了大量的研究并进行了检验，但在艺术上，最重要的是要对自己有信心，相信自己的直觉。永远要记住，这种简单的认知和对自己的信心是需要付出巨大的努力才能获得的。

夜色正浓，如此沉静、安宁、和煦的晚上，让人唤起无限遐思。我在这样的夜中感受到了生命带来的那种巨大的快乐，当在“这里”痛苦、在“那里”快乐的人，变成普通尘世间的平凡人，都会为摆脱责任而留有后手：他们惊恐地在内心深处将人生规划放置在“这里”，他们就像拒绝常态一样而拒绝“这里”的痛苦，憧憬着“那里”的快乐生活。

在这样的一个夜晚，恰恰相反，我更愿意相信不朽，与之一起诞生的有孩子，还有少见的长寿的睿智，与之一起死亡的是正确走过自己一生的人，而这里的种种美好却被某些概括、某些思维逻辑过程和一般词语描述的宗教猜测破坏。

时间的主人。岸边的河流。树林里的小路微微泛着绿意，到处都是水坑，像暮色中的眼睛，窥视着周围的一切。

在山涧间有一个像小兔子似的雪团，坐在那里。这时我的心在怦怦跳动，在我看来，仿佛是小兔子在晃动耳朵。每个人都在坚定地看着我，我感觉到了每个人。不仅如此，有些东西还在散发着熟悉的气息。你赶紧对自己说："赶紧捉住它！否则也许再也见不到了！"

这也是为什么每一棵白杨树青色的树干在我脚下都有浓浓的树叶味。白兔也对我说："你看，注意了，不然很快我就会融化，你就不会再看到白兔了——森林里只会有灰色的小兔子。"

大约是乌鸫在光秃秃的树上向我歌唱，在我看来，这首歌是永恒的经典。一个人活着，我必须在这个春天为自己攫取更多的财富，手握这些财富，才能向好人伸出援手，成为时代的主人。

我有多么伟大的理想啊！时间流逝。我站在两条林间小路的交叉路口上，就像时间的主人，我从中选择了最重要的东西，它永远伴随着我……

这时我听到了那熟悉的声音，山鹬向我飞来了。我举起枪，所有的水坑都闭起了眼睛，所有的小兔子都飞快地跑开了，乌鸫不再唱歌，安静了下来，所有装有我的谜语和宝物的箱子都"砰"的一声关上了……不是所有人都像我这样天马行空地思考！

也许，每个人在创作过程中，在不断实现完美的同时，也要与自己成功中的每一个小阶段说再见，这样才能不断实现完美，一步一步地走过让人感到痛苦的长长的楼梯，最终走向幸福。

***

林间小溪。如果你想去了解森林的想法，那么就去找一条林间小溪，慢慢地沿着河岸向上游或向下游走吧。早春时节，我就喜欢沿着一条我最喜爱的林间小溪散步。以下就是我沿着林间小溪散步时的所见、所闻、所思和所想。

我看见，潺潺的溪水在浅的地方遇到枞树根的障碍，于是溪水冲着树根淙淙鸣响，冒出气泡来。这些气泡一冒出来，就迅速地漂走了，不久即破灭，但大部分会漂到新的障碍那儿，挤成白花花的一团，很远就可以望见。

溪水遇到一个又一个新障碍，但它毫不在乎，只是聚集成一股股水流，仿佛在一场避免不了的搏斗中收紧肌肉一样。

阳光把颤抖的水影投射到枞树干上和青草上，那水影就在枞树干上和青草上闪动。水在颤动中发出淙淙声，仿佛青草就在这音乐声中生长，水影看上去是那么的和谐。

流过一段又浅又宽阔的地方，水流急急地注入狭窄的深水道，因为水流的急而无声，就好似在收紧肌肉，而太阳也不甘寂寞，让那水流的紧张的影像在枞树干上和青草上不停地闪现。

如果遇上大的障碍物，水流就嘟嘟哝哝地好似是在表达不满，这嘟哝声和从障碍物上飞溅过去的声音，很远就可以听见。然而这不是示弱，不是抱怨，也不是绝望，这些人类的感情，水是一无所知的。每一条小溪都相信自己会到达自由的水域，即使遇上像厄尔布鲁士一样的山峰，也会将它劈开，早晚会到达……

水上的涟漪，就像轻烟似的总在枞树干上和青草上晃动着。在小溪的潺潺声中，饱含树脂的幼芽在开放，水下的水草长出水面，小溪边的青草也长得越发茂盛。

这儿是一个静静的深水潭，潭中有一棵倒木，有几只亮闪闪的小甲虫在平静的水面上打着转，使水面泛起涟漪。

水流在克制的嘟哝声中平稳地流淌着，它们兴奋得彼此呼唤。许多支强有力的水流都聚集到了一起，汇成了一股很大的水流，它们彼此间交谈着、呼唤着——这是所有聚集到了一起又要分开的水流在互相打招呼呢！

水流轻轻地擦过黄花新结的花蕾，花蕾又在水面上荡起涟漪。小溪的生活，就是这样一会儿气泡、泡沫频起，一会儿在花和舞动的影子间发出快乐的彼此呼唤的声音。

有一棵树早已严严地横堵在小溪上，春天一到竟然还长出了绿色的嫩芽，但是小溪为自己找到了出路，它从树下匆匆地奔流过去，摇晃着颤动的水影，发出淙淙的水流声。

有些水草早已从水下冒了出来，现在立在溪流中频频点头，像是在回应颤动的水影和奔流的小溪。

就让溪流的路途中出现阻碍吧！有障碍，才有生活。要是没有障碍物的话，溪水便会毫无生气地立刻流入海洋了，就像不明不白的生命离开毫无生气的机体一样。

小溪流经森林的全程，是一条长长的充满斗争的道路，时间就是这样被创造出来的。战斗持续不断，生活和我的意识就是在这持续不断的斗争中形成的。

是的，要是没有每一步的这些障碍的存在，溪水就会立刻流走了，也就根本不会有生活和时间了……

小溪在战斗中拼尽全力，一股股的水流就像肌肉似的扭动着，但是毫无疑问的是，小溪早晚会流入海洋那片自由之水中，而这“或早或晚”就正是时间，正是生活。

一股股溪流在两岸用力的夹击中奋勇前进，互相呼唤，大声地说着“或早或晚”。这“或早或晚”的嘟哝声整天整夜地响个不停。当最后一滴溪水还没有流完，当春天的小溪还没有干涸的时候，溪水总是不知疲倦地反复说着：“我早晚都会流入海洋的怀抱……”

小溪怎么样了呢？一半的溪水另辟蹊径流向了一边，另一半的溪水流向了另一边。也许是在为自己“或早或晚”这一信念进行斗争的时候，溪水分道扬镳了。一部分溪水说，这条路会早一点儿到达目的地，另一部分溪水觉得另一边的路途貌似更短些，因此它们分开了。它们绕了一个很大的圈子，在它们中间形成了一个大孤岛，然后又重新开心地聚集到了一起，终于明白，对水来说，没有不同的道路，所有的道路早晚都一定会把它们带到海洋。

我的眼睛得到了愉悦，耳朵里一直传来“或早或晚”的声音，杨树和白桦树幼芽的树脂的混合香味扑鼻而来。眼前这一切让我觉得没有什么能比这再好的了，我再也不用匆匆忙忙地赶去别处了。我在树根之间坐下，紧靠在树干上，转过脸看向那温暖的太阳，于是我期待的那一刻来临了，停了下来，我作为大地上的最后一个人，第一个走进了这百花齐放的世界。

我的小溪流入了海洋。

XVIII. 创作的不朽

小时候，我很害怕说出自己的年龄。在我看来，我在一天天长大，但还是一事无成。在我七十岁前，我一直都是这样：一直在责备自己。但七十岁以后，大家开始对我说："哇，你真行！"我不再害怕岁月流逝。我甚至觉得，年龄越大，就越会有更多的人对我说："你真行!"

这时，有一位上了年纪的女人费妮亚婶婶走过来帮助我们，她帮助我们一起洗车。她来洗，我用麂皮把洗干净的金属零件擦干，然后抛光。

我工作做得很好，但额头上渗出了汗水。费妮亚婶婶一定是发现了我额头上的汗水，问我：

"您今年多大了？"

我看着她，忽然害怕起来。我从一个普通人的眼睛里看到了大自然的无情和残忍，我觉得在这里，音乐和诗歌已经无法拯救我的灵魂。如果我是一只年老的大雁，不能和年轻的大雁们一起飞到温暖的国度，那么我将会遭受迫害。

我茫然地看着费妮亚婶婶的眼睛，不好意思地重复了一遍她的问题：

“您问我多大了？”

“是的，老板，”她回答道，“您多大了？”

在那短短的一分钟内，我强忍住自己内心那令人厌恶的恐惧，回答道：

“我有多大呢？您且先往这边看，一匹马在拉车。”

“我看到了，”她回答道，“马拉得很好，那这马几岁了？”

“马在拉车，”我重复道，“人们坐在马车上时，是不看它是几岁的。”

“没错，”费妮亚婶婶表示赞同地说道，她若有所思地看着我脸上岁月留下的痕迹，对我说，“人们都有自己想要的生活。”

我们的谈话就这样结束了。

今天我的头脑中出现了对死亡的恐惧，但只要能和朋友在一起死，这种恐惧就不是恐惧。由此我得出结论，死亡是没有被爱战胜的孤独的代名词，人并不是天生就有孤独感，而是在不断变老的过程中，与衰老作斗争的同时，产生的孤独感，它就像是疾病一样。因此，孤独感和对死亡的恐惧都是一种疾病（利己主义），只有通过爱才能治愈。

***

亲人的逝去会让我们感到惋惜。动物对死亡的感觉是恐惧，而人类是惋惜。

写到这里，刚点上句号，她的画像就倒在了我的桌子上。

“这没什么大不了的，”我自言自语道，并把画像扶了起来，

“我不想带着恶意把这件事和迷信挂钩。但是如果真的发生了这样的事情（她比我先逝去），那么即使在这样让人感到痛苦的境地下，我也会不断地成长，我会站到比现在更高的台阶上。”

在寂静的黎明时分，我听到看门人在用铁锹清理院子，这美妙的声音穿透了我的灵魂，在这之前他干多久了？

多少缕阳光照耀大地，但终会有一缕阳光照进人的心里，在人的心中燃起爱情的火焰吧？

一个接一个，成千上万的人死去，但终会有一个人热切地希望活下去，并开始谈论人需要永生吧？

如果我想追溯自己生命的源头，那个我曾经待过又远离的地方，我觉得那里的生活对现在的我而言是外在的，那么我会对自己书中不可拆分的自我感到惊讶……

我们意识到机体统一性的同时渐渐死去。比方说，生活好像是一个加工零部件的作坊——生活是我们的磨刀石。

在我看来，把生命分为“这里”和“那里”，是高尚道德的毒药，是精神和物质畸形分裂的根源。

错误的生命的划分，是把生命分为自己的生命和不属于自己的生命，这种划分是从哪里开始的？而欺骗、祭司的投机和无神论者的反抗，又是如何在这种分化上出现的呢？

***

当然，所有生物都害怕死亡，在逃离死亡。当需要捍卫比自己更重要的东西（这个是存在的）的时候，将死之人说：“快死的时候种一株黑麦（死前也仍有希望）。”为他后面的人种黑麦，将使命委托给别人。这个人会通过生命之桥让自己的生命得到延续。

智者在生命的尽头会明白，自己的死亡只有对自己的亲人来说才是可怕的，对自己而言并没有死亡。人的精神自出生之时起就是不朽的，人的躯壳迟早有一天会离我们而去，而死神如同驱赶牲口用的皮鞭，也如同处于最佳工作年龄的奴隶。

创作的目的在于自己虽已不在人世，但可以把自己的作品留下，在自己的作品中获得重生。这其实没有什么特别的，只要看看大自然中的生物就会明白，所有的生物，包括野兽、飞鸟、树木、青草，死去也是为了重生。

这并不是说，人应该变成动物或是以动物为榜样。

人类有自己的活动领域，人在这个属于自己的活动领域中死去又重生。这个领域就是人们创作出的作品或者说是人类特有的一条可以通向永生的道路。

如果我们可以在任何地方和任何时间知道这一点，我们就再也不会惧怕死亡。有两种现实，一种是我们死后会留下的东西；另一种是我们的希望。当我们死的时候，我们留下了做完的和未做完的事情，还有我们的希望。

从这个意义上说，每一个艺术家一生中都会死去并重生很多次。他的作品被留下，而另外的一个事实是他们的理想会被实现。

***

一只被卡住的蜣螂。一只大个的、全身黑漆漆的蜣螂快速地向前飞行。它飞着撞上了一个带刺的铁丝网，被卡在铁丝网上，用它所有的足来求救。我把它从铁丝网上拿了下来，放飞它时我自言自语道："不要再直飞了，小笨蛋。"

直到现在，我才能理解契诃夫，他也像五月的蜣螂，像人类制造的火箭、炮弹一样飞行，击中了旧世界静止的空气。

而现在，我们这里的人，当看到女士穿着打扮非常老派，戴着一顶过时的帽子或穿着某件老式的衣服时，就能联系到契诃夫笔下描述的那个时代的人物，不由得心里会一阵发紧，感觉很忧伤。

他当时就是带着这样的忧愁与痛苦像五月的蜣螂一样继续向前飞行。他虽然什么都没有预言，但他也能算是一个预言家。

我明白从黑暗的地球深处探出的生命力量，它向着光进入不朽的空间。五月的蜣螂也是，飞着从黑暗中挣脱出来，但它飞着撞上了花园中带刺的铁丝网，现在徒然地抖动所有的足，集聚所有的能量，嗡嗡地在扇动翅膀。五月的蜣螂注定是要一直飞下去的，但现在落入铁丝网中，动弹不得。

如果自然界中的一切事物都进展得很顺利，那么为什么一只处在交配期且正在飞行的蜣螂会被荆棘刺伤？另一只从旁边飞过的蜣螂对此并没有理会，就像它不会死一样。但是从旁边路过的人类，心不在焉地看了一眼被荆棘刺穿的蜣螂，就立刻停了下来，小心翼翼地用两根手指轻轻地捏住它，把它从刺上取了下来，然后往空中高高地一抛，当蜣螂飞走了，人类露出了笑容。

人类是大自然的主宰者。人类救活了蜣螂，它又可以自由地飞翔了。

有时，人也会被刺伤，我们所有人，无论是过去、现在还是将来，都是整体中极微小的一部分，拍打被束缚的翅膀，飞向时间的不同方向，飞向永恒。

***

要有“想要活下去”的想法，生活的智慧在于要让自己习惯与自己拥有的一切不得不分开，甚至是你个人的生活。

热切渴望获得的东西是永恒的，而那些个人拥有的东西终究会灰飞烟灭。

创作这件事是与你自己的一场博弈。它一直在找寻你，是为了把你压榨得不剩骨头，是为了让你成为它的奴隶，把你变成与大家一样的人。当你为这件事情奉献的同时也在寻找机会将这件事情做得比被要求的更好、更快、更可靠，深谙此事，像照料活物一样，像培育儿子、女儿一样，像做自己的事一样，不断为之付出心血。

有一个七十五岁的老人，命不久矣，但他喜欢种丁香！无独有偶，像他这样的人有很多很多，可能所剩时间不多了，却突然对植物情有独钟——如果有可能，他们能种好几个花园的花花草草。

这意味着，首先，人们对死亡抱有蔑视态度的同时，认为自己可以战胜死亡；其次，人真正拥有的最好的东西就是一座花园。

人不应该做时间的奴隶，而要做时间的主人。这个想法来自我自己，我为了写出一篇能超越时光、永世流传的文章而奋斗。

战胜死亡的人是时间的掌控者，死亡构成时间的本质……每一位艺术家在整个生命的长度里都是与时间作斗争的勇士。

天分并不是财产，这就像是你在莫斯科有一套公寓，你可以使用它，但没有特殊原因，任何人都不可能把它拿走，而你也不会把它出售。真正的天分也是不会被出售的。

人的生命本身也像是一种天分。生命受你支配，但被出售的生命不是生命，你不能凭借自己的意志结束它，它不是你的财产，如果你自杀，那么就会被视为犯罪。

终于，我明白，我的生命不再是我的私有财产。

当去掉一些多余的东西时会产生愉快感。比如，当一个成熟的苹果从树上掉下来时，树是感觉愉快的，你甚至能发现如释重负的小树枝是那样的欢乐。同样，叶子凋零脱落，树也不会对此感到伤心难过。

深红色的光点。夕阳西下，落到白桦林后面，白桦林却向春天呈积云状的白云伸展。树林里，夕阳的余晖落在松树上，形成深红色的光点。太阳渐渐西下，光点不断上移，最后消失不见。

我看着这些斑点的同时也在进行自我思考，我在想，我也应该这样——有朝一日我也会离开,但一定要在不断上升的时候离开。

***

秋天的花园。

“树叶在凋落！”

“我亲爱的朋友，你不要弄混淆，成熟的苹果正在落下……”

人不是因为年老而死去，是因为成熟。

死亡——意味着生命走到了尽头，就像女人完成生育之后，就成了母亲……

母亲的死亡并不是死亡，而是安息。

在我面前有一棵白桦树。它把自己秋天里的金黄色献给了枞树，自己光秃秃地站在阳光下，但它并没有感到悲伤。它为什么要伤心呢？它做了所有命中注定应该做的事。

我们将自己的灵魂献给朋友，以此克服个人的死亡，这就是死亡的用途。

俗话说，骆驼穿过针眼要比富人进入天堂容易得多。这句话适用于任何一个文化的创作者，想要创作出什么东西，就意味着要将自己奉献出去，这也恰恰是最难的一部分。

但是，人无论如何受苦，无论怎样死亡，无论敌人如何嘲笑在他看起来十分神圣的东西，人始终是人，自生下来就带有永生的感觉。突然有了这样一种特殊的感觉，就好像是在冷眼旁观一个人经受痛苦和死亡的过程，然后冷静地分析，要不然呢？如何能理解并把这条路称作通向永生的道路而不是通向苦难的路？

在我们面前的是加尔瓦略山[1]，一个人背着自己的十字架跌跌撞撞地向前走，一刻也不曾忘记自己是永生的。

用简单的满足，甚至跃跃欲试去争取自己的幸福，都可以克服对死亡的恐惧。现在没有什么好说的了。应该向年轻人解释清楚

---

1 耶稣殉难地、蒙难处（源自耶稣被钉死在耶路撒冷附近一座小山的名称）。——译者注

什么是死亡的恐惧。

在可怕的为生命的战斗中，死亡被克服了，活下去就是这些可怜人想要的生活方式！

英雄不害怕死亡，但有些顽皮的孩子，如果他们运气好，从六楼掉下来，大概不会受伤！

真正的英雄并不是在追求个人幸福的过程中失去对死亡的恐惧，而是在他人的幸福中寻找自己的幸福。

现在回想起自己的幸福，我那个时候获得的“幸福”并没有什么可值得兴奋的。

所有这一切都已死亡，所有这一切离我都是那么的遥远！

现在我的乐趣和幸福只能持续一天，甚至是一个小时。但一天后或一个小时后，我的敌人就要来临——我的敌人就是死亡，我应当战胜它。我的胜利是以所有甜蜜幻想的幻灭为代价的，所谓的“生活”也是靠这些甜蜜幻想维持的。

生活中最让人诧异的是，不仅仅是人，而是所有动植物的存在都注定是短暂的，有时甚至是一瞬间的。但它们活着并不会去考虑生命的长短，像永生的神一样活着。这是毋庸置疑的事实，而关于“生活是什么”，人们却产生了分歧：一些人认为生活是一场骗局，而另一些人觉得生活本身就是永恒的证明。

就算我们自己还未经历死亡，但是在送别逝者时，我们从旁观者的角度见证着死亡，浑身战栗，彼此之间离得更近。

或许死亡的意义就在于让我们紧紧地依靠在一起，自信地团结成一个统一的人。当所有人都团结在一起时，对死亡的恐惧就会消失，死亡就会消亡。

霞光在天空中渲染，你自己也在霞光中燃烧。在霞光中，数千个声音汇集并紧密地团结在一起，只为歌颂生命，只为燃烧自己。但有一个声音，更恰当地说是呢喃，并不赞同与所有人一起燃烧。

我亲爱的朋友，请不要听信这恶意的耳语，开心地生活吧！要像我一样感谢生命，和霞光一起燃烧吧！

大自然的美吸引着我的灵魂不断向它靠近，

我相信，这种美本身就存在于这个世界上，

我只是简单地吸收了大自然的美。

——普里什文

XIX. 个人和社会

我们每个人的意识都像是一轮细细的新月再加上一个模糊的满月轮廓。

新月细得像一条线，但认为自己是一个完整的圆。我们都知道，月亮的想法没有错。

而像满月一样完整的模糊感伴随着我们一生，我们每一个人都感觉自己是某个未知整体中的一小部分。

在我们当中，有为数不多的大人物，他们能非常清楚又坚定地认识到自己的微不足道，认为自己仅仅是一轮明月的见证者。

我生活在这片土地上，观察着周围的人们，我看到每个人的头上都有着一个只有圣人才有的光环，这个光环时隐时现。每个人都在为我们人类做一些好事，却不知道他是顶着头上的光环在做这些好事，只有当光环在他周围消失或闪烁的时候，他才会感觉到自己的变化。

这个光环就叫作良心。

***

我把自己的工作看作一种连接世间万物的工作。一根电线杆立在那里，因为风它嗡嗡作响，我喜欢这嗡嗡声，因为在这嗡嗡声中，我似乎明白了电线杆的伟大——它也是为通信服务的。但我不是电线杆，我像那电线杆上的电。不！我的力量要远远比电的威力大得多。在这个世界上，最伟大的连接的力量就来自艺术家的文字。我拥有这种力量，就像电线杆拥有可以通电的铁丝。这可能就是我喜欢这嗡嗡声的原因。

社会生理学在于，一块面包就可以填饱肚子，而灵魂为人的永生歌唱。

他说："我们的灵魂。"而我突然感觉到整个世界只存在一个灵魂，我们触碰到了它，就像触碰到了自己的灵魂。

人就像河水一样生生不息。为了更好地对此进行描写，你要在僻静的地方写作，但要能感受到流动的河水。

你应该把自己锁在远离喧闹、远离干扰的地方，但你不能让自己远离生活，你必须能听到流淌的水流声。

面临的困难首先是克服这种孤独感；其次是在遇见其他人的时候始终做自己。

我走着并沉浸在自己的思索中，一个滑雪者从我旁边呼啸而过。要在我们彼此都不失去自己最珍视的东西的情况下，我和他的相遇是如此的困难，因为我不能不去思考，而他不能不运动。

现在，一切都在快速向前发展，所有的人都"站在滑雪板上"，有时会感到难以应付，因为我们被生活所累，承受的生活负担过重。

今天，无所事事的孤独是可耻的，但是还存在一种劳动者的孤独，更准确地说，是一种孤独的劳动，就是在集体的利益中为了自我而斗争。

这种孤独是一种劳动形式。

若你一个人待着，立刻就会成长，写作的欲望也就这样诞生了。

你在写作就像你在播种，你大概清楚，其他人会从中获利。

***

如果某人说了一些我所不了解的话，我会用自己的方式去亲身经历它，并把它描述出来，这样，我也可以在文化史上留下浓墨重彩的一笔。因为无论何时，文化的内容都是恒久不变的，它通过个人经历向我们展现出来，这些经历赋予了文化内容很高的价值。

人性是我们整个灵魂的发动机。

在自动扶梯上。这个女人的头转向一边，我只能看到她脖子上一根因为大力转头而明显暴起的青筋。现在，在看不到脸的情况下，仅凭她脖子上的一根青筋，就能通过这个女人展现出的美好和窘态了解她。

我甚至想起了我的母亲，不知为何我心痛不已。我多想去一个有许多陌生人的地方，我多想由衷地向他们讲述这一切，我们所有人都拥有同样的美好，我们所有人都有很多相通的地方。

无论何时何地，如果我们每一个人都记得这一点，那么世界上的每一个人都会过得幸福！

自动扶梯工作起来像流动的壮观瀑布，更准确地说，是一个由人流形成的瀑布。这上面所有的人都在沉思，他们好像都是静止的，跟着自动扶梯在做着毫不费力的运动。这时你看自动扶梯上的每一个人，即使是看上去最粗鄙的面孔 都可以唤起你对这个可怜人的怜悯之情，这个可怜人也不理解造物主为何这样创造了他，他注定是一个牺牲品。

你看到这样的面孔，对他的怜悯之情油然而生。我现在明白为什么了：这个人很着急，急着赶路，而现在，一台机器替代了他，也在急急忙忙地运转，但他还停留在自己的世界中，无法应对这样的情况。他表现出的这种孩童般的无助，激起了人们对他的怜悯之情。

他们所有的痛苦都来源于像孩子一样盲目地相信时间，期待会有所成就，但时间欺骗了他们，时间突然让他们停了下来，在这样危机时刻，他们的身体无法承受这一切，最终彻底地垮了。

看着他们，我觉得很可惜，我想对每一个人说："我的孩子们，请不要相信时间，不要把自己托付给时间，不要急于求成，不要以为时间就是金钱，时间就是死亡。在与时间进行不是你死就是我亡的殊死搏斗时，你们只是普通人。"

看在上帝的分上，请不要白白地牺牲自己。

当一个人把另一个人看成自己私有财产的时候，爱情就会消亡。与时间的关系也是如此。人们急急匆匆、忙忙碌碌，因为他们是时间的俘虏。

***

当你累的时候，你会思考些什么呢？我准备描写一些小人物，你会为此感到吃惊，为什么呢？有谁会需要这些？算了吧！不要写了。然后你仔细地思考后，还是要坚持自己的想法，因为大人物们会被载入史册，他们拥有很多仆人，他们不会从历史中消失。但一个安静、谦逊的人会完全消失在历史的长河中，这样一个善良、可爱的人却没有人需要他。

懊恼激发新的力量，你想，这就是我不让你从我们这里消失的原因，活下去吧！可爱的人，活下去吧！

不应该在某些人身上为自己寻找支持。朋友应该是一个完整的人，是一个鲜活的人，他有自己的喜怒哀乐。当他听到一个动人的话语，也会大喊大叫，也会高兴地拍手。他可能会在某个时刻、某个地方对你倾诉肺腑之言；他可能会在人群中关注你的一举一动；他也可能会背对着你坐在车厢里，带着某种思绪看向远方。他脸上靠窗一侧的卷发被阳光染上金黄色，那一侧的眼睫毛也同他的卷发一样，被染上同样的颜色。

这个可爱的姑娘，她不想从你那里得到任何东西，而你也害怕自己的眼神会吓到她。但有一件让你们感到十分开心的事情，就是在生命中让人惬意无比的一个春天里，你们乘坐同一辆车驶向自己的目的地。

昨天晚上，我在街上闲逛并坐地铁进了城。突然间我感受到了自由带来的一种幸福感，好像在人群中我掌握着自己的生命，就像只有在森林中我经常才能体会到的一样。

“难道人群与森林一样，”我想，“在我的生命中并不神秘吗？”

亲密的人随处可见，要想找到这样的人，你自己首先应该有一颗自由、强大、健康的内心。首先让我们帮助这样的人并惊讶有这样的人存在，然后我们的麻烦和负担就可以转交给他。

这就是一个小的充满同情心的故事。

***

风带来了品质优良的种子，却把它丢在了石头上。优良的种子非常期待同样优质肥沃的土壤。

人亦如此，他随时等待机会融入集体中。

我们人类就像是许多幼根，营养来自同一根树干，如果我猜到了自己在想什么，那么其他的幼根也有同样的想法。

这就是为什么作家在谈论自己的时候，实际上也是在谈论别人。

一个心事重重的人头也不抬地走在路上。但是他在水坑里看到了森林的倒影，高大的树木生长在蔚蓝色的天空下，这一切看起来是如此美丽。水坑里如此美丽的天空从何而来？他于是抬头看了看天空。

朋友们，我的艺术创作亦是如此，它并不比一个水坑大，在这个水坑中倒映着我们背后的人与大自然，倒映着天空、树木和水，我这样写是为了提醒你们注意。

突然明白了，现在“社会”一词代替了以前称为“人”的那个词。这就是困扰我多年的问题——用一个词称呼所有人（与“超人”截然不同，所有人都有同一张面孔）。

只有在今天我们理解“社会”一词时，才把它当作一种组织，同时把整个人想象成一个有机体。

***

你终会死亡，会忘记所有。但有的人活着就忘记了所有人，那活着又有什么意义呢？这意味着，你在某种程度上已经死了；相对于你忘记的那一部分而言，你已经死了。所以，我们活着，不断地忘记，就意味着濒临死亡，不知道忘记什么的我们又活出了新的内涵。

只有个别人身上会发光，而发光是为了不被忘记。现在仍然是这样，还附加了其他的东西，人类的文化就是被不断累积的一种不可被忘记的财富。

即使是诗人灵魂中最轻快的呼吸节奏，也来自我们鱼贯而出的永恒。我们所有人与生俱来的自然感、文化感、联系感，所有这一切都将从我们最终的归宿传至我们这些活生生的人。自人类诞生以来，坟墓就是我们最终的归宿！

只有慈爱地关注生命才能洞悉这个巨大的秘密。

你跟我谈什么死人！一些死者虽然死了上千年，但现在仍然可以确定社会的发展方向，另一些死者一直在我们身边，他们常常拥有健壮如牛的体魄，经常破坏我们的创造力，用坚硬的额头把我们所有活着的人驱赶向坟墓。

文化无论从过去到未来都是真正的创作。如果汽车行业更适合我，我能在此获得成功，那么汽车也会成为表达文化的一种表现手段。

***

黑麦生长旺盛的时节，我去狩猎鹌鹑。我的上帝啊！要知道这就是我小时候，也是赫鲁晓夫时期大喊大叫的那种鹌鹑，他们这里的鹌鹑不像我们那里分好几种，他们这里只有一种鹌鹑。

七十年来鹌鹑“啾啾”的叫声一直都没有任何变化。

布宁是多么喜欢听鹌鹑的叫声啊！他一直很欣赏我短篇小说中写鹌鹑的那些章节。列米佐夫[1]也总是以模仿鹌鹑的叫声，作为和我在电话中开始谈话的信号。

当我和沙里亚宾聊起关于鹌鹑的事情，他总是会露出孩子般真诚的微笑。多少年过去了，直到现在，马克西姆·高尔基还是会一边模仿鹌鹑叫一边在黑麦田里打鹌鹑。

我们一个接着一个地走，而鹌鹑并不是只有一只，所有的鹌鹑是一个团结的整体，沉浸在自己的世界中，完全无视我们这些经过的人。

你一边听一边思考，我们也是这样就好了。我们之中没有匆匆的过客，无论高尔基、沙里亚宾、布宁，还是其他人，都是不朽的作家，留下了各种传世之作。

一幅伟大的肖像画不仅仅是为了再现一位鲜活又真实的艺术

1 阿列克谢·米哈伊洛维奇·列米佐夫（1877—1957）是俄罗斯白银时代创作风格十分特殊的一位作家，他一生著作颇丰，既包括《池塘》《教妹》《钟表》和《在囚禁中》等中长篇小说，也包括童话集《循着太阳运行的方向》和伪经故事集《柠檬园》，还有一系列的自传作品和短篇小说及戏剧，对同时代及后代作家产生了重要的影响。——译者注家，同时还将其他人对这位艺术家的认知赋予到这幅肖像画里面。

灵魂之桥。每个人都为了自己而生，甚至他用自己的第一声啼哭向整个世界宣告。“这就是我，”他喊道，“我是这个世界的统治者，我来了！”但当孩子开始慢慢长大，他遇到了一个和他一样的孩子，也同样以统治这个世界为己任，这样的孩子还有第三个，等等——每一个孩子都是这样的。于是斗争就在他们中间开始了，直到最后，每个人都不得不承认这种争夺权力的斗争必须结束。

智者在濒临死亡的同时发现，他并不是为了自己战斗，而是为了比自己优秀的其他人战斗，他也发现每个人并不知道自己是为了更优秀的其他人战斗。

因此，人经历死亡就像他们的灵魂通过一座桥一样。

我窗户对面的教堂早已破败不堪，穹顶只剩下电线，整个电线网上布满了乌鸦。屋顶的十字架还在，但教堂周围布满了各种各样的垃圾：被掀翻的桌子，长凳，一些铁器、铁环，就好像基督再次发怒了，又一次把商人赶出了圣殿[1]，并把他们的东西都扔了出去。

这种基督教的教义遭受到时间的严厉批评。时间批评基督徒

---

1 “圣殿逐商”是《圣经》中一段关于耶稣的故事。耶稣去耶路撒冷参加犹太人的逾越节，当他走进圣殿，发现里面乱哄哄闹成一片，各种做买卖的小贩在那里吆喝，还有兑换银钱的商人，空气十分污浊。耶稣大怒，拿起一根绳子当鞭子，在门徒们的帮助下，“噼啪”一顿抽打，把圣殿的商贩都驱逐出殿外。耶稣又回过头来，推倒桌子，踢翻凳子，大声说道：“经上不是记着，我的殿，必称为万国祷告的殿吗？你们倒是把它当成贼窝了！”——译者注

说：“你现在不会因为个人做出善举而被赦免！看一看这个破烂不堪的教堂，它是由一个比你更天真的来自莫斯科的商人建造的。他想通过建造这个教堂抹平他的罪恶。他真是一个简单的商人，希望教堂能像熨斗一样抹平自己的罪恶。而你是希望用书本抚平自己的罪。无论你是自己拯救自己，还是分给穷人几戈比或几千卢布，这都不重要！甚至是即使你为了拯救自己的灵魂而献出自己的生命，都不会使你因此获救！你需要做的是，把你的灵魂奉献给人民，而能获救的也不会是你，是人民。”

但是，我的上帝啊！在《福音书》中也有关于灵魂的章节。这就意味着，出现这样一个破败的教堂并不是基督的错，而是那个来自莫斯科的天真的商人的错，他想用这个教堂弥补他个人的罪恶。

而你身为一名作家，你写作的同时也是犯罪，祈祷的同时也是救赎，但当需要你为朋友奉献自己灵魂的时候，你不要用你的作品敷衍逃避。你的作品最终会被撕毁，就像这座来自莫斯科的商人建造的教堂一样。这里面所有的架子、长凳、隔板都将被扔掉，就像现在这个被抛弃的可怜的教堂一样。

整体和个体。你看着眼前这片鲜花盛开的草地是一回事，你看着从这片草地上摘回家的花就又是另外一回事了。整片森林和从这片森林移植到你菜园中的小树也是不一样的。世界很美，但这种美又是不一样的。有一些人喜欢在大海中航行，有一些人却是水族馆的爱好者。有一些人喜欢人多的地方，有一些人喜欢自己待着。

草地上鲜花盛开，每一朵花都在哼唱自己的歌，而最终人们欣赏到的是整片草地。你无法得知具体是哪一朵花为整个布满鲜花的草地做出的贡献最大。你仔细地看其中的一朵花，它也十分美丽，但这种美和整片草地的美截然不同。

大的事情就像一个巨大的框架，在这个大框架下，我展开自己的小事情，经由我所做的小事情一点一滴成就了大的事情。

人始终向前行进，向统一的目标努力，在这条道路上同时也会形成各种各样的人。

同时也形成了个性，人与人之间出现了沟通的媒介，也产生了独特的个体……

就像水在不断冲刷花岗岩，社会也永远在与个体相斗争。大自然中的每一块石头都会呐喊：“这就是我的位置。”而水会回应道：“我早晚有一天会将你冲走。”

水和石头的斗争形成了肥沃的土壤，在这肥沃的土壤上长出了参天大树。

我看着眼前的这棵枞树，从它身上我感觉到从黑暗走向光明的勃勃生机。每一根树枝都在以自己的方式和姿态全心全意地为笔直的树干贡献自己的力量，只有所有的树枝从树干汲取营养，才能不断地向太阳伸展，而伟大的太阳喜欢每一根树枝、每一片树叶、每一根针叶。太阳对万物的爱似乎是均等的，但实际上它对每一根针叶倾注了更多的爱。这也就是为什么针叶可以一根根直立而毫不重合，没有完全相同的两根，树干笔直地朝向太阳生长。

一棵树是由成千上万的生命体组成的，它们每个个体都是幸福的，在这样的幸福中，树一点点长高。这种幸福的意义在于，太阳均等地爱着万物，但实际上也有例外。比如说，它对每一根针叶倾注了更多的爱！

我们的生活也是这样的！有什么更好的办法呢？如果我们爱所有人，就会忘记某个人，如果我们记得某个人，就会忽略所有人。

我们谈到时间这一话题的目的是要通过大爱放弃小爱，或者恰恰相反，我们要讨论怎样爱所有人才能保持对某个人的关注。

XX. 死水和活水

世界是由两股力量构成的：一股力量是相似性；另一股力量是差异性。在相似性中我们意识到了规律，在差异性中我们意识到了个体的存在。万物将死之时都是一样的，而新生之际充满差异。这一切都在童话故事“活水”和“死水”中有充分的体现。

***

我的主题。让我们做这样一个假设，自然界中的一切事物都是独一无二、各行其是、不可替代的，这是以人作为对象而得出的结论。

我众多主题中的一个：所谓的罪，就是在做结论的时候忽略了个体，就像在耕地的时候漏耕许多块地就是罪。

因为个体带有不可复制性和不可替代性，所以我出生了，就像其他人生来就特别渴望去了解并取代其他人。

任何一个原则都是一视同仁的。这也就是为什么所有的原则性问题都是不容置疑和不讲情面的。

原则是手段，但并不是人的目的。

告诉所有人，也就意味着没有告诉任何人。

教授们在学者之家的楼上有时甚至会像接待名人一样接待女

士。但在楼下看门人的眼中，每一位教授都是一样的，他凭借从存衣架取下并发给所有人的号牌辨别每一位教授。对他而言，教授和套鞋一样，没有什么不同。因此，当一位莫斯科最知名的教授弄丢了他的号牌，报出自己的名字时，看门人非常不礼貌地拒绝给他发放套鞋。

出于这种愚昧无知的缘由，必须制定法规。法规规定：许多人被视为一个整体并被称为“人”，而无数个教授被称为“教授”，在这个意义上，无数黑麦粒被称为“黑麦”，无数水滴被称为“水”。

最高层面的道德是为了集体而牺牲个人。最不道德的是集体为了自己的利益而牺牲个人（如苏格拉底之死，就更不要说耶稣之死了）。

整个大自然中的每个个体都是独特的存在，每粒种子、每片树叶都有属于自己的独特命运。人与大自然的不同之处在于，人有总结的能力，因此能够挣脱大自然的普遍规律。当然，总结就是故意谋杀，在大自然中，万事万物都是有原则的。（当然，该隐[1]杀害了弟弟亚伯，这是一个原则性的问题。）

科学、艺术的起源都是个性化的，但概括的力量将它们统一整合了起来，这个意义就好像原子弹的发明既有它好的一面，也有

1 该隐和亚伯是亚当与妻子夏娃最早所生的两个儿子，其中该隐为兄长。由于上帝造了人，所以人也必须定时向上帝献祭。有一次，该隐向上帝奉献了他在土地里种的“土产”，而亚伯则献上了羊群中头生的羊羔和羊的脂油。上帝没有看中该隐的祭品，更喜欢亚伯的献祭。该隐憎恶弟弟亚伯的行为，便把亚伯杀害，后受到上帝惩罚。——译者注

它坏的一面一样。

任何一只绵羊都可以被用来剪羊毛。好的主人喜欢整个羊群，但他更爱羊群中每一只羊。

***

作家思想的跳跃。浮士德在生命快要结束的时候开始设想一个美好的人间天堂，在狂喜的时刻（“美妙的一瞬，停止吧！”），他的关于运河的梦想变成了现实的坟墓，创作与现实在此刻轰然坍塌。

虽然浮士德处于菲勒蒙和包喀斯[1]的境地，但他一直在为自己寻找能被赦免的更好理由，就像在《青铜骑士》[2]中彼得大帝为自己的辩解：“巍然屹立吧，彼得的城！”

无论是在作品《浮士德》中还是在作品《青铜骑士》中，个人和社会的问题以有利于社会的方式得以解决，而且完全是要感谢作家们思想的跳跃——歌德通过菲勒蒙和包喀斯完成了思想的跳跃，普希金通过叶甫盖尼完成了思想的跳跃。

青铜骑士对叶甫盖尼说：“你想得太片面了！”

深夜，我察觉到身边有许多好发号施令的人，毫无疑问，他

1 古希腊神话故事中的主人公。菲勒蒙和包喀斯本是民间的一对老夫妻，他们虽然一贫如洗，也没有子女，却很乐观、友善，一直相亲相爱地生活在一起。当有一天宙斯带着他的儿子来到人间考察人类的友善时，只有他俩用他们最富有的东西招待了神，表达了他们的友好及虔诚。最后宙斯对人类的自私进行了惩罚，而只有菲勒蒙和包喀斯逃脱了惩罚。他们死后化成了橡树和菩提树，永远地在一起了。——译者注

2 《青铜骑士》是俄罗斯诗人普希金于 1833 年创作的作品。——译者注

们就是异己，就像连苔藓在上面都无法生长的黑色岩石。

几千年以后，也许水会把黑色岩石冲走，把肥沃的沙土带进田里，而现在浸在水中的黑色岩石在那里岿然不动，黑色岩石伴着水，水伴着黑色岩石，除了彼此一无所有。

高山上寸草不生，但从那里你能看到远方。

人身上具备的所有优点不知为何是幼稚的，即使是最伟大的哲学家，当他在努力想通某件事情的时候也是幼稚的……人身上只有力量是认真而不幼稚的，能力强才会万事无忧。

普希金怎么能做到偏袒叶甫盖尼的同时，又对彼得大帝歌功颂德呢？他怎么能同时做到这两点的呢？也许只有精神富足且睿智的人才能做到……

只有展现在世人面前的是无穷无尽的大智慧时，这种智慧才是富有魅力的。这就像从漆黑的森林走向岸边，眼前突然出现一片汪洋大海。或者说，普希金一直纠结于应该如何描写可怜的叶甫盖尼的命运，他突然来到海边，对着大海大声喊道："巍然屹立吧，彼得的城！"

"我"是万物之灵，也是对青铜骑士既怕又恨的叶甫盖尼，他满意地透过栅栏的缝隙看着花朵，为了参与到这个极其重要的过程，青铜骑士在此刻甚至变得微不足道，因为对他而言没有任何影响——不过是一尊铜像而已！

仅仅从精神层面来看，青铜骑士拘泥的表现有些可笑——没有本质，徒有形式，但狂妄自大……完全是格格不入的艺术！在我们实际的生活中并不存在这样的艺术。

《青铜骑士》中的叶甫盖尼是一个普通人，是生活在我们身边的一个“俗人”，而青铜骑士则是急需改革的彼得大帝的化身。

我自身存在“俗人”和“温顺”的两方面，实际上是对明显体现出的事物的认同，也就是对与理智截然相反的生活的认同。

可以把青铜骑士和叶甫盖尼理解成高傲自大的形象和温顺谦恭的对象之间的对立，而这一形象是借助于该对象得以塑造的。

抽象的思想渐行渐远，细枝末节却依然处于绝望和痛苦中，因为它们并没有被带走。为什么它们没有被带走呢？为什么抽象的思想没有带走一切，而是留下了渺小的、经常被忽视的、经常被欺负的细枝末节？这种怨恨，难道不是由大自然中数以百万计无法发芽和被遗弃的种子积攒起来的吗？这难道不是为了生存而进行的地狱般的艰苦斗争的后果吗？

火车开始发动，我们从窗子向外看去，附近的物体好像都在向后退，只有离我们非常遥远的东西，比如星星，好像是能和我们齐头并进的。那些离我们近的东西都被我们甩在了后面。

我们不思考、不出行、一动不动就能安慰到亲人吗？要知道思想永不停歇……

每次我读到忧郁骑士手提长矛冲过来时，我会设想自己是一架风车。要知道，就在堂吉诃德拿着长矛向风车冲过来的时候，作者突发奇想地让风车转了起来。如果这件事要是发生在没有风的白天就好了，那样堂吉诃德就会毁坏风车的翅翼，农民只好暂时不能磨粮食了。

我就是那架没有任何保护的静止不动的风车，在此刻，我恨透了这个拥有所有优点的骑士，他给我的感觉只是可笑，但并不可怕。

而他是可怖的……

感谢我们的老师们，是他们教会了我们不要以偏概全地对某件事情妄下结论。当我们遇到一些不喜欢的人和事时，我们要学会像看见了粪便一样，自行绕开它们。给这些粪便时间，让它们去变成有用的东西，变成肥料，并对它们说 “这都是必经的路！”

“总的来说……”即得出一个结论。

不，请一定要慎重，等等再做结论。要记住，一旦得出了结论，就意味着某件事的结束，我们所关注的某件事情，我们关于期待、信仰、希望、爱情方面的结论即是死亡。

在充满活力的创作生涯里，在通往永生的道路上，没有任何“一般规律”。甚至死人也能重获新颜，焕发新生。

得出结论后，人就停止了对部分事物的关注；他就不会再作为一种创造性的存在，而是成了一个工具。但年复一年，生命之树不断生长，进步的意义就在于此。

要想取得胜利，就要像生命之树一样，不断生长，展现出勃勃生机，才能最终取得胜利。

***

战争期间的记录。三天来，士兵们小心翼翼地清理了防空洞上方被炸坏的房子的砖头。在这里，叶甫盖尼藏匿在人群中，这个叶甫盖尼就是普希金的作品《青铜骑士》中描绘的那个不会死的叶甫盖尼。三天来，每当我开车经过这个地方的时候，我的视线都会不自觉地从方向盘上移开，环视周围——这个可怕的地方。数十个人一直在小心翼翼地工作着，他们清理着殉难者身上的碎瓦片…… 我们就像《青铜骑士》中的叶甫盖尼一样反复地对自己说："你瞧着吧！"我们立刻寻找这话可以说给谁听，谁是造成这满目疮痍场景的罪魁祸首。我们不能简单地把这一切都归罪于希特勒。这不是希特勒一个人造成的，而是有一种比炸弹更可怕的想法落在人们身上。

叶甫盖尼用他的拳头敲打着胶合板制的栅栏并威胁某人说："你瞧着吧！"他是一个鲜活的例子，是一个在算数过程中被忽略了的人。这个疯子威胁着那个文明的看不清面容的数学家，而普希金得出这样的结论："总有一天，连自然的威力也将要对你俯首屈膝。"自然会俯首屈膝，但思想永远不会。

我的朋友，请不断地加强你对地球上生物的关注，仔细地观察每一个细小的事物，并把它们一个一个地区分开来。要认识到在每一个最微小的生命中，都有与众不同的个性化特征的存在，收集起数以百万计的个体并把它们展示出来，它们会形成最伟大的集会，接着与应得平均数作斗争。

朋友们，你们可以互相大声争吵，甚至打架，但请不要下结论。

我的结论是整个世界像一个整体，与这个整体有关的事才有意义。

XXI. 祖国母亲

这些重复出现且可以被删除的词是"大地母亲"。事实上，"大地母亲"是一个宽泛的概念，指的其实并不是土地，而是对人的爱，正是有了这种爱，故乡的枞树、小白桦树、苹果树苗才会越长越高。这母亲般的爱让土地变得可亲可爱。正因为这一点，才孕育出诗人，因为在任何土地中都可以找到家乡的气息，即使是在平流层上也可以找到自己的家乡。在平流层的气球上，将爱情视为与所有生命体之间的亲密关系。

我对祖国的爱要大于我对艺术的爱。

当然，作为一个世界的公民，我怎么能不去考虑我的祖国和我自己呢？要知道，只有当我真正地靠近祖国母亲的胸膛时，我才可以改变她、关心她，可以一直询问她："你胸膛这里疼不疼？"

如果我听到祖国母亲喊疼，我就不会再在这一个地方停留，而是去其他的地方。难道其他人会像我这段客气，难道当其他人在地球上开采自然资源，如铁矿石、石油、煤炭的时候，也会把地球当成一个人考虑，会考虑她是否会喊疼？

事实上，我们用母语表达"我"的含义才最贴切。

祖国。不要告诉其他人和路人，祖国母亲的孩子们会对她说什么。别人能看到的东西，生在其中的人却不知道。

***

我的故乡情结是我的母亲教给我的，它源自俄罗斯民族，这是一种传承，是指我热爱的故乡。因为对俄语的喜爱，我为此投入了很多的时间和精力。无论我做得多么少，但都是用尽了自己的天赋与努力。家国情怀的继承与我继承的其他遗产不同，在家国情怀中，我可以感受到我和本国所有公民都是血脉相连的，我们是一个整体，有着共同的国魂。在俄罗斯，我和每一位为俄罗斯诚实工作的人一样，都是独一无二、不可替代的存在。

故乡情结是很难用语言描述的。我们把对故乡的感情与对母亲的感情联系在一起。故乡是我的母亲，将我的作品汇集成册，这是我回国的护照。

我终于读懂了小说《上尉的女儿》，同时也明白了我为何要从事文学创作。在文学创作中，可以把“梦想”和“现实”简单地融合。

在普希金的小说《上尉的女儿》中，普加乔夫有奥涅金的影子，士伐勃林有“当代英雄”的影子，而上尉的女儿玛莎体现的是一个淳朴的形象。你现在读这个作品，就好像身处在家乡一样……

我心中的故乡并不是我出生的叶列茨，也不是我生活了很久的圣彼得堡，对我而言这两个地方只能算是我生活过的地方。我心中的故乡应该有一种平凡的美，善良与智慧并存，普希金的中篇小说《上尉的女儿》塑造的地方才是我心中的故乡。

大自然也与生命一样没有逻辑上的定义。你去问任何一个人，他对“大自然”都有自己的理解。没有人能给出一个包罗万象的定义。对某个人来说，大自然意味着木柴，是一种建筑材料；对另一个人而言，他联想到的是花香和鸟鸣；第三个人会联想到蓝天；对第四个人而言，大自然则是空气……每个人都有各自的理解，不胜枚举。同时每个人都知道，他认识到的都只是大自然的一部分，并不是完整的大自然。

最近，我们在战争期间感受到的大自然要比从个人角度出发得到的感受丰富得多。我们能感受到，这是故乡，是我们的家园。

大自然对我们而言就像是故乡，对故乡母亲的情感最终会转变成对祖国母亲的情感。

我理解的故乡并不是我倚仗的民族意义上的、一成不变的故乡。故乡对我来说是我现在热爱的并为之奋斗的对象。我也是故乡过去、现在与未来创建过程中的一分子。

我亲身体验到的故乡情感是我创作的基础。

***

我的方向。我脚下踩的是故乡的土地，每棵树都向着阳光生长，它们为我指明了方向。我只需心无旁骛地斗争。

一些陈词滥调、老生常谈的事经常会让我感到十分忧伤。但是，有一些事虽然也是时常被大家提及的，比如，草地上走的人多了就会踩出一条小路，类似这样的事情，却不会引起我的悲伤，而院子里的小草，你看一生也看不够。

乡下的后院是一块最神奇的地方。它位于寂静的谷仓中间，连接着半圆形的田野和森林。

雨后的太阳。我没戴帽子走在后院谷仓间的小路上，小路上刚从地里冒出来的小草被我踩平了，小路两旁的草变得清晰可见起来。在小路两边有嫩嫩的青草、冰草和蒲公英，它们好像一直在陪伴着我。

我说："你们就在这里好好生长吧！"的确，它们郁郁葱葱地长在路边，而我就在这条小路上一直走啊，走啊，此时此刻，这条小路就是与我最亲近的故乡。

历久弥香。无法言说稠李树有怎样的香气，只有稠李树才能散发出这样的香气，听过用巴扬琴演奏《伊戈尔远征记》勇士赞歌悠扬琴声的俄罗斯人可以嗅到这种香气。在很久很久以前，在我们想象不到的古老年代以前，稠李树就已经散发出特有的香气。

当你闻到这种香气的时候，你会把这段历史附加进去，每个人对同一历史事件都会有不同的看法。因此，面对所有这一切，每个人都有自己的不同观点，都朝着一个方向努力，我们的祖国也就这样形成了。

***

我的科学是一门对每一个存在的事物都进行密切关注的科学。这个科学引领我走向文学艺术，而文学艺术带我走向故乡。我明白，大自然就是故乡。

我的优点是热情地对待身边的所有好人，因为在他们身上能够感受到“大自然”的特征，这也体现了对故乡的情感。

关于“好人”这一话题，就像故乡情结一样，实际上也是“大自然”这一概念的内容。

如果滴下的水把桶装满了，水仍然不断地从水管中流出，那么水是否需要考虑从桶里流出来，像一条自由快乐的小溪一样，唱着欢快的歌谣，沿着大路流入河流，流入大海或大洋呢？

我很少会去考虑俄语写作的构成技巧，我始终记得那个“桶”，如果水满了，它自己就会从桶里流出来——这一直是指导我行动的指南。

***

我的民族、我的母语、我的家国情怀都在斗争中为我指明方向。我像草一样从地里长出来，我像草一样开花，我会被修剪，会被马吃掉，但到了春天我又会长出来，会变绿，而到了夏天，到了圣彼得节，我会再一次盛开。

你什么都做不了。因为只有当整个俄罗斯民族终结的时候，才能毁灭我，但俄罗斯民族是不会被终结的，因为它才刚刚开始。

XXII. 大自然的灵魂

艺术和科学就好像是一道从大自然通向人类世界的大门。通过科学的大门，大自然走进了人类世界，而通过艺术的大门，人类走向了大自然，在大自然中，人类了解自己，并称大自然为我们的母亲。

孩子们，所有的孩子们，你们是我们真正的孩子。那些成人和上了年纪的人，他们心里也始终住着一个孩子！

我们所有人都是经由母亲的子宫来到这个世界上的。我们所有人都是从黑暗中诞生的，然后走向光明，与我们生活在这个世界上的树、草、花一样，它们也都同样来自黑暗的土地，然后向着太阳，向着光明生长。

即使是在莫斯科也能感受到来自寒冷大地的一丝温暖。

午饭后我们开车出发了，开到半路的时候，我们把车停在林边的小路上，下车坐在路边休息。夏日里，林中小鸟叽叽喳喳地叫个不停，树林散发出一股特有的香气。我觉得整个大自然正在熟睡，她就像我亲爱的母亲，而我睡醒了，在林中安静地走来走去，尽量不吵醒她。

大自然就像一位慈爱的母亲睡着了，在她的梦中，她知道刚才我做的一切事情。我“砰”的一声关上了车门，锁了车，跳过了一个沟渠，现在我安静地坐在这里，而大自然母亲变得不安起来，她在想：“他到哪里去了呢？他在做什么呢？”

我咳嗽了一声，她就放心了。她知道，我一定是坐在森林中的某个地方，可能在吃东西，也可能在憧憬着什么。

“睡吧，睡吧，”我小声地说道，“请不要担心！”

从远处传来布谷鸟的叫声，从小我就认识布谷鸟、燕雀、草莓花和红门兰，还有所有的小草，世界上的一切都在大自然母亲的睡梦中。

我亲爱的大自然母亲，睡吧，睡吧。你香甜地睡吧，你惬意地睡吧，你在睡梦中微笑！温和的六月刚刚到来，小草在一点点长高，黑麦在抽穗，这就够了，我很知足。我亲爱的大自然母亲，你给我的已经够多了，你快睡吧，多休息，我们会照顾你的。

难道说我周围的整个大自然都是一场梦？有个人在睡觉。无论在哪里，在森林中，在河边，在田野里，在路上，在星星里，还是在晚霞和朝霞里，一直有个人在睡觉。而我像平常一样，一个人走在路上。但这个睡觉的人并不是睡在冰冷的坟墓中，而是像我母亲那样气息平稳地睡觉。他可以一边睡觉，一边听到我说的话。

我们的大自然母亲，我就是她的孩子。她在睡梦中可以感受到我的存在，听到我的声音，并用她自己特有的方式理解我、了解我。有时，她会突然梦见我陷入了一个令人十分担心的麻烦事中。这时我的母亲就会醒来，会爬起来，空中就会开始电闪雷鸣。

所有赐予我的最好的东西都是非人力所能创造的，而是只有在大自然中才能得到的。当我需要的时候，我就在森林中安静地潜伏，我可以看到冬天里被雪压弯的小草在一点点长高，我可以听到花蕾绽放的声音，还可以听到第一只从冬眠中醒来的青蛙“扑通扑通”的跳跃声。我把所有这一切收集起来，带到我成长和生活的地方，我就像小草一样，将覆盖在自己身上的厚厚落叶顶了起来。

今天我希望可以更加轻松地生长，希望凭借我举起沉重的过去的力量，让我变得更加轻松。

我不是要舍弃艰难而选择轻松，不是要尽快地破土而出，也不是要比其他人更早地来到这个世界上，而是要付出诸多努力，开始重新审视自己，傲视比自己长得低矮的，蔑视那些轻轻松松就能比自己长得还要高的家伙。

我请求你，母亲，请对我微笑吧！请吹走覆盖在我身上泛黄且沉重的树叶吧！你要想起，我的心曾多少次被巨大的困难迷惑，它就有多少次摆脱了诱惑！

***

当我早上醒来的时候，我赶紧拉开窗帘向外看，想知道外面发生了什么事。我拉开窗帘就像翻开一本引人入胜的新书一样。

白桦汁。今天晚上既温暖又安静，但山鹬一直没有出现。天边出现了一道晚霞。

现在如果你想知道白桦树里是否有汁液在流淌，再也不需要将树皮切开了。青蛙跳来跳去的时候，就说明白桦树里已经出现汁液了。如果用脚踩地面，有踩雪地的感觉，也说明白桦树里就有汁液了。燕雀、云雀、歌鸫和椋鸟都开始歌唱的时候，同样说明白桦树里就有汁液了。

我陈旧的思想像河面上的冰块融化了，在河中肆意流淌的时候，白桦树里就有汁液了。

这一天过去了，就像是过了一个最盛大的节日一样。因为早上天气寒冷，窗户的玻璃上出现了异常美丽的冰花，太阳出来了，冰花开始从边缘处一点点融化，直到全部消失不见，到了晚上又慢慢地出现。一整天都和这扇窗户一样。正午的时候天气最暖和，雪在融化，地上的积水多了起来，早晚因为寒冷，地上的积水又被冻住了。白天仿佛被嵌在窗框里，就像一扇可以看到未来的窗户，我们透过窗户看到外面的世界。

大自然是世间万物的故乡，包括闪耀光芒的一束阳光，包括被载入文化史的所有天才。

我认为，真正的艺术是绘画，但我不会作画。因此，应该用线条和颜料描绘的景色，我遴选出如花的词汇和中肯的句子描述它，而在选择句子时，要么像古代庙宇的墙壁那样直截了当，要么像洛可可式的建筑风格那样精雕细琢。会有什么样的效果呢？只要用心就好。

是不是所有的艺术家在创作的时候，都会将自己的艺术技巧与其他的艺术技巧融合在一起呢？这两种艺术技巧潜移默化地融合延续了世界以及对世界的全部幻想。

我望着沐浴在夕阳异彩纷呈的余晖下白雪皑皑的树林，在我头脑中盘亘很久的一个念头突然又冒了出来，只能用各种颜料才能留住这种美。既然只能用颜料留住这种美，那么就意味着，这些都是看得见摸不着的东西，对艺术家而言，“感觉”才是激发他们创作的灵感。

四月的傍晚呈现出昏黄色，它混合了金灿灿的阳光、树皮和水汽氤氲的黑土地这三种颜色。我们此刻行走在昏黄的傍晚时分。

地上有一大片深红色地衣，就像原生斑岩一样，在这一大片深红色地衣上，生长着一棵白桦树，还有几株深绿色的越橘，树叶上晶莹的露珠闪耀着银光。

有人给我拿来一朵白色的睡莲。我一直等到阳光照进我的窗户后，把一个泡有金莲花茶的杯子放在阳光下。

直到睡莲黄色的花蕊像太阳一样闪亮，而白色的花瓣呈现出异常的白，在阳光下投射出一道道蓝色的影子，我才突然明白了，这朵花就是太阳在天空的投影。

我凝视着这朵美丽的花，开始思考孕育这朵花的水域。

***

不仅是人类，还有整个大自然以及在大自然中的每一个物种，原子、质子甚至是更小的微粒，都有自己的呈现方式。在物质世界中没有任何无生命的东西，一切都是有生命的。

时间的偏见。太阳存在的时间要比一个人的寿命长得多，对每个人来说，太阳即永恒。如果太阳是有意识的，人对太阳而言无异于一个微微晃动的霉点。日复一日重复的同一现象，比如日出，对生命短暂的个体而言是漫长的。而太阳是永恒发光体，不停旋转的球体内有一定比例的炙热金属，日出对太阳而言，只是短暂的一瞬。

所以，在我们看来，自然界中没有也不可能有日复一日的重复。这在我们中甚至不是现实存在的，更准确地说，这是因为疲倦而产生的一种情绪（对年轻人而言一切都是新鲜的，而对年长者而言，一切都在不断地重复）。

“自然法则”的概念包括我们对时间长度的局限性理解——在我们的时代，太阳遵循“自然法则”日出日落。而我们使用这个“自然法则”去计算时时刻刻、分分秒秒。

但是我们生命的本质并不是受时间和法则的约束。自然界中的万事万物都是独一无二的，不受任何规则束缚，都只是在这个世界上走一遭，每一次经历都是第一次也是最后一次。在阳光明媚的春天，我们甚至会彻底忘记时间的存在。在我们的感觉中，太阳并不是按照“自然法则”每天重复，它只有一次日出日落。

你可以接近大自然去探寻大自然的法则，但也许你会发现大自然中根本没有什么法则。任何事情就只会发生一次，不会再重复出现了。这就是一个自称为“我”的人与其他人的区别。我来到这个世界上就只有一次，不会再来了。同样，日子一天一天地过去，同样的一天也不会再有，一模一样的两天是完全没有意义的。

***

在森林里永远都不会觉得无聊，如果你觉得无聊，那么一定是你自己的问题。

清晨，当我走进森林，我既惊讶又开心，在这五月的一个夜晚中发生了多少神奇的事情。林间的小路是如何在一夜之间变成了绿色的，年轻的松树上是如何快速地冒出了如此多蜡烛似的嫩芽的，白桦树又是如何在一夜之间变粗壮的，有多少小水坑一夜之间找不到了——它们被从水下面生长出来的鲜绿色的小草覆盖住了。

森林里有如此多的美好，没有我的参与，一切也都井然有序、欣欣向荣、令人惊叹。我为这个世界感到欣喜和惊讶，没有我的参与，依然可以创造出如此多的美好事物。

在那个世界，也有只源自我内心想法的其他事物，而且必须有我的参与才可以。即使我精神疲惫、痛苦不堪、期冀美好，但我仍然对它们了如指掌。就算没人知道我的这些痛苦也没有关系，只要不让它们遇到没有我参与的自然界中的美好事物就可以。

这样一个沉静的早晨，就好像公鸡可以用打鸣表达出埋藏在你心底的那句话。

我或人的灵魂就是大自然的内在。如果想要真正了解大自然，就要聆听自己的内心，同时深入大自然，不能浮于表面。

一个小男孩问我："在春天的时候我们不喜欢冬天，在冬天的时候我们不喜欢秋天，为什么不能长时间地喜欢一样东西，为什么会这样呢？"小时候，我也常常问自己，是否有一件永远也玩不坏的玩具呢？后来被告知，这种玩具是不存在的。

我们就是这样长大的。我们不知道儿时以为永远玩不坏的玩具、永远不变的季节，在我们心中会留下深深的烙印，只是在不同的环境中才会成长。而正是在这种不同的环境中，我们会有不同形式的表现。

一个人从童年到老年，人还是那个人，但就像森林里的小枞树长高了一样，我们也一点点长高接触到了地球上不同的空气层。

生活就是一场战斗，但是战斗的类型不同，作战的人也不同。有春天和冬天的战斗，你知道无论战斗有多么激烈，冬天一定会过去，春天一定会来到。春天汩汩流淌的溪水和春天里的人们都展现出勃勃生机。还有夏天与冬天的战斗；秋天里的人们皱着眉，为生活而战，但他们知道，他们是不会获得胜利的，冬天一定会如期而至的。

还会有怎样的问题呢？我们所有人都经历过这样的战斗，我们会形成同样的东西，只是我们看不到，因为这一切发生在我们的内心深处。

无论自然界里的景象多么糟糕，无论日子多么昏暗，春天都终将过去，一天会比一天好。这时你什么都不需要做，只要骑在马儿上，放松缰绳，马儿会带你去更好的地方。秋天则完全不同，这时一切都要取决于你自己——你积累了怎样的财富，你是如何积累财富的……

每一个春天，人们都会欣喜地迎接自己的诞生；每一个秋天，人们都会伤感地面对自己的死亡。

蓝色的安静。昨天一天内下了十几场雨，我已经不再在乎天是不是在下雨，带着小狗卡多走在雨中。

在阵雨间歇之际，森林中安静而幽暗，每一棵树寂寥地矗立在那里，仿佛天地间别无他物，可以从它们那里窥探到一切，甚至是最深处的秘密。

哭泣的白桦树垂下绿色的枝条，枞树的枝蔓间笼罩着蓝色的寂静。

人们内心的忧伤与播种冬季作物时必需的秋天的细雨相匹配。短时间后，冬季作物就会发芽，人的内心也不再忧伤……

***

不能身无长物地接近大自然，因为它会立刻俘虏意志薄弱的人，并让大量蠕虫潜入他的灵魂，不断地腐化他。但大自然喜欢庄稼汉、歌手和猎人。

只能用力量评价大自然的感觉。如果是一种微弱的感觉，那么它就像是喜欢在郊外别墅度假的人手中的调料；如果这是一种强烈的感觉，那么这种感觉一定会与其他人建立某种间接的关系。

人的痛苦在于，人生中只有一次绽放的时刻，且绽放的时刻各有不同，不能像树木一样每年都有最美的样子，但每一个人都有自己的春天。这就是为什么大自然在五月的开花时节里百花齐放，而人只能在一旁忧愁地观看，他看上去好像很不开心似的。那些穿得十分漂亮的来别墅度假的市民，他们创造不出美丽的春天。因为春天不是人创造出来的。

在我莫斯科的房子里，被收拾好的东西有一个缺点——它们并不属于我。没有我真正拥有的东西，但是森林里的树木、草地上的鲜花、天上的白云——一切都是我的。

今天早上安静且寒冷。我第一次在天刚刚变白的时候欣赏连绵不绝的山峰，然后看着天空一点点变亮，最后直到太阳全部升起。

巍峨的群山啊！我将会在这个地方欣赏你们两个月，每一天你们都会变着花样地与我玩耍，你们决定我一整天的心情。今天早上站在窗前，映入眼帘的白色地面一直延伸向天空。弥漫在森林中的层层浓雾将天空、森林和地面间隔成一条一条的带状条纹，它们之间过渡的地方形成一排排黑色的锯齿，如果撕开这些锯齿，就会看到离得最近的一座山的山脊上积雪皑皑。但是因为浓雾，完全看不见比这座山更高的厄尔布鲁士山。

人和山是一样。很多时候，那些并不是很高的山会挡住最高的山。人为了看到山顶无限的风光，必须走过艰难的路途，付出很多努力。

***

即使出于不安和好意预感到一个人会遭遇不幸，也永远不要说："你没有错，一切不会因为投机取巧而善终。""伟大与可笑之间只有一步之遥"，这在大自然中是完全不存在的。

因此，人们可以有意识地在大自然中寻找与人的心灵完全一致的现象。这不仅仅是艺术再加工的途径，也是（积极地）了解艺术的方法，因为大自然中只有纯洁和健康的东西。

没有人能像水一样包容一切，只有人心有时可以做到这一点。从那里会突然发出光亮，就像一片安静的水域上笼罩着的霞光。人心就在那里，从那里发出光……

XXIII. 树木

或许人类最美好的愿望来自植物性的心灵属性。植物性代表着安静和诚挚，是与生俱来的。而动物性不断运动变化，是后天形成的。

是的，我们被分成创造者和使用者这两类人。举办音乐会的人属于前者，听着音乐吃饭的人属于后者。而这种永恒的划分，也可能适用于将人划分成植物性和动物性这两种类别。

***

生命是为获得永生而进行的一场斗争。古老森林的四周生长着低矮的幼林，老树将与生命作斗争的重任交给了小树苗去完成，小树苗存在的意义就在于此。在这里，斗争不需要任何响亮的口号，也不需要任何多余的想法——只需扎根在森林四周，默默地完成这一重任。

我们要建一个公园，就要失去一片原始森林，我们因此而伤心难过。秋天的时候，我们会觉得昔日的那些树木在呜咽，那些流下来的泪水源自我们，因为它们失去了生活在原始森林里的幸福。但我们知道，如果树木真的在哭泣，那么一定是我们教会了它们哭泣，正因为我们，树木才会为永远失去的曾经的美好而哭泣。它们在春天曾经期待的那种美好，现在却荡然无存了。

树木只知道有过的一切，但只有人心才会争取那些从未有过的东西。

现在枞树正在授粉期，雄蕊上布满淡黄色的花粉粒。也许需要几百万个花粉粒落到一个雌蕊上,才能完成球果的一次受精过程。

于是我开始思考，没有派上用场的数以百万计的花粉粒其实并没有失去自己的意义，它们虽然没有落在雌蕊上，但是它们都是为了生命的延续而聚在一起的，这是它们存在的意义。唯一的那粒成功让雌蕊受精的花粉粒发挥的作用不仅仅是受精，它也有联合其他花粉粒的作用，因为它们有着共同的愿望。不仅仅是花粉粒，不仅仅是鱼子，甚至连我们人类的话语都有着同一个目标：不被时光湮没，一代一代地延续。

世界上存在着一场为了生命的统一和延续，为了生命的永恒而斗争的战斗。

看着这些枝繁叶茂的参天古树，是否能感受到它们身上也具有与人一样的生命力呢？人在小溪、河流和湖边会有怎样的倒影呢？

生命的奥秘都隐藏在小小的种子里。从前一粒小小的枞树种子，现在长成了一棵参天大树，它已经揭示了种子内在的所有可能性，沿着粗壮树干的巨大环形切面，我仔细地数着这棵树的年轮。

在这一点上，人类生活的复杂性与树木生长的复杂性并没有什么不同。我们当中最厉害的人，也是那个与其他人相比最能完全展示出自己生命可能性的人。

地球上不存在没有空气的地方，也没有绝对的安静。如果所有的声音渐渐消失，那么会听到树木、灌木、云朵，甚至是气味开始呢喃细语。

在一个春光明媚的日子里，我听到白桦树和稠李树嫩芽之间的窃窃私语，散发出清香而甘醇的气味。

在读完了一本佳作后，我想："我仅用一天就把它全部读完了，要知道，为了写这本书，作者花费了毕生精力！"

春天，听到白桦树刚刚抽枝发芽的声音后，我说："白桦树为了发出这样的声音，花费了半个世纪的时间。"

森林像一卷书，它只会呈现给那些想阅读它的人，他们对森林没有大的所求，需要的仅仅是一个蘑菇或者一粒坚果。森林中的一切可能会影响你，让你无法全神贯注于欣赏林中美景。

***

各种树木枝繁叶茂地生长。刚长出来的椴树叶子抽抽巴巴，在这些叶子上方冒出粉红色的幼芽。

橡树倨傲地舒展开它的枝叶，虽然它们还很小，但已经初见雏形了。

白杨树树叶起初并不是绿色的，而是棕色的，最开始叶片只有硬币大小，随风摇摆。

枫树开出黄色的花朵，掌状的叶片卷曲着，羞赧地为人们带来视觉上的盛宴。

松树伸展出一簇簇琥珀色的松针，越长越高。当松针直指天空时，它像极了一根根蜡烛。

枞树刚长出橙黄色的嫩芽时，喜鹊就会飞来，它们会被树林里无形的蜘蛛网粘住，惊扰了林中所有的蜘蛛。

在颜色发暗的老叶的衬托下，新长出的幼枝颜色更浅，看上去，阴郁的大树逐渐改变了样子。

在这样晴朗的日子里，这些枞树仍然保持着常青树永不屈服的优点。

早春时节，阳光下的枞树林泛出新绿，但当白桦树绿叶爬满枝头的时候，枞树林的颜色变深了，因为白桦树让它觉得自叹不如。

白桦树挺直白色的树干，伸展着翠绿的枝条，矗立在颜色偏暗的枞树林里，却没有一丝窘迫。

枞树苗冒出浅绿色的小嫩芽，但在那些枞树深绿色的树枝的衬托下，它们成了白色。

这些小枞树苗的白色小嫩芽看起来就像小狗的小爪子一样可爱。

一棵繁茂的白桦树枝叶随风摇摆，杨树枝叶也跟着沙沙作响，它们中间有一棵小橡树，一动不动，就像在打瞌睡。

从松鸦或松鼠碰落的橡实中竟然能长出橡树苗，真是令人难以想象啊！不比细绳粗多少的幼苗从土里钻了出来，分成了细弱的三枝，不禁让人心生疑问：它们是怎样立在那里的？

每枝小幼苗越长越高，慢慢地超过了周围的小草，然后都长成了枝叶繁茂的橡树。

如果一棵橡树碰巧长在小路边，它不会理睬周围的枞树，而是将自己粗壮的树枝转向阳光。

你一定会发现，广袤的针叶林里的空气与砍伐后刚长出来的幼林里的空气是截然不同的。在这广袤的针叶林中，有的树木生长了一百年，还有一些树木生长了两百年，甚至还有生长了三百年的树。这里有数不清的鸟儿、花儿和树脂，还有在明媚的阳光下闪闪发亮的叶子。那里是密林的深处，而这里充满了鸟语花香。

***

九月，旭日初升。窗户的玻璃上布满了清晨的露水。几乎看不到可食用蘑菇的踪迹了，只有像毒蕈、毒蝇蕈和桩菇这样不能吃的蘑菇还有迹可循。但是，此时在绿色青苔上会发现一株和茶碟差不多大小的红菇，红菇上有一些露水。在露水里还有一片已经打卷儿的黄色落叶，就像小孩玩的小船一样。我并没有忽略这些露水，而是摘下这株红菇，把露水从蘑菇表面倒入我温热的嘴里。当我喝露水的时候，林中一片寂静，好像因为这林中之水，还有我嘴唇的冰凉，让人们完全忘记了我的存在，认不出我是谁。而此刻被人们遗忘的我，孤零零地坐在一个树桩上，一动不动，通过这种方式，我与森林更加亲近，我变得简单易懂……

真让人惊讶！你们知道，森林有多么神奇和美妙啊！当你思考后，就会明白树和人一样，不是孤立存在的，树生长在森林中，而人生活在人类社会中。这时你坚信，周围的一切——树木、苔藓、蘑菇——就和你身边的人一样。以前你认为人与森林之间泾渭分明，人就是人，而你眼中的森林不过是一堆木柴，那时你不会发现现在你能用心去审视的一切美好，这是为什么呢?

秋天，一个阳光明媚的日子里，枞树林边生长着一棵棵颜色不尽相同的小白杨树，它们似乎在枞树林里感觉很冷，所以就聚到枞树林边晒太阳，就像我们村子里的人喜欢坐在农舍墙根周围的土台上晒太阳一样。

***

树木矗立在那里，风吹动着树叶，树叶在窃窃私语，树枝也在赞同地频频点头。当然，无论是树枝的点头，还是树叶的私语，只是因为粗壮的树干牢牢地抓住了它们。

当树木之间交谈并换取给养的时候，它们不像人们之间会出现不睦。树叶各有不同，但是在必要的时候它们会向整棵树奉献自己。它们明白这种奉献的必要性。

枞树和橡树互相追逐嬉戏，比赛看谁长得快。

它们之间的这场比赛不是出于快乐、贪婪、放纵或骄傲，而是因为不想死亡。哪棵树的树冠能更早地碰触到其他树木，并从这些树冠里钻出去，傲视周围比它低矮的树木，哪棵树就是胜利者。所有那些见不到阳光、只能在半明半暗的环境中生长的树木，最终都要面临枯萎和死亡。这就是为什么枞树和橡树都在互相追逐，竭尽所能地向上生长。

我在森林里走了很久，大概是走累了，而且我的大脑思维也没有那么敏捷了，于是我开始往家走。这时我突然感觉到非常开心，内心升腾出一种崇高的感情。我环顾四周，看到森林变得高大起来，秀挺的树木用自己顽强的意志力将我向上托起。

一棵树长得越高，它的树枝就会升得越高，好像是要用力去撞击空气，拔出树干，把它带上天空。

最上面的树枝长得非常高，在树冠最尖端的一个小枝还向上直立着。

有时森林中万籁俱寂，此时你也会安静地、一动不动地坐在一个小树桩上。有时，树木、灌木、小草、鸟儿好似互相达成了协议，说：“我们会安静下来！”之后就都安静下来了，而你的大脑正在进行着深入的思考，用一种全新的方式诠释着早已发生的事情。

树枝没有颤动，树叶也没有颤动，只有通过树冠的形状我们才能知道，这里生长着一棵树，如蜡像一般，一动不动。没有人会为了寻求逼真的效果用蜡做成这样的东西。

你用脸颊感受一下，好像有个人从树林深处往你的脸上吹了一口气。或许这是真的？不！有一朵到人胸口高度的冰草花，开着穗状花序，它的花茎像织针一样细长，它向另一朵花点了点头，另一朵花又微曲花茎，像是在对第三朵花点头。不远处，一棵羊齿草在和旁边的植物窃窃私语。这一切都是我用脸颊感受到的——一片完全寂静的森林可以像人一样由内向外地呼吸着。

XXIV. 动物

大自然中并没有人的思想和语言，但是回到大自然的人能通过动物趋近于语言的动作弄清楚它们想要表达的意思。当动物们争抢地盘的时候，人们会感到高兴，因为他们明白大自然中的任何声音都代表着动物们为了发声而付出的努力。

我有时会有这样的猜想，大自然中每一种动物知道的东西要远比我们想象中多得多。只不过它们不能将知道的东西记录下来，甚至无法用语言讲述出来。

“拉达，我可爱的小狗，你想要说什么呢？我的朋友，做好准备，只要你能说出一个字，我们就能一起战胜这个邪恶的世界！”

每当我抱起拉达，它的头就会枕在我的肩膀上，当它努力用充满热情的喘息声向我表达感激和喜爱之情的时候，我就会一遍一遍地对它这样说。

地球不满足于人们的劳动，无论人们多么努力地工作，总感觉有一个人在看着你，还希望你能理解这一点。

在没有记忆的焦虑中我工作到筋疲力尽，而小狗就坐在我旁边，它的眼睛好像在说：“丢下那些琐事吧，不要忙来忙去，先想明白了再去做，想明白了就立即开始！”

一条最普通不过的小狗，但是它的眼睛一直让我难以忘怀……

那也是我们的内心，我们为拥有这样的内心感到羞愧，这是让我们感到害怕的内心，担心它会不合时宜地跳出来，这是我们看着孩子们时会对他们微笑的内心。这是我们不朽的灵魂，如果珍视它，我们就不应当惧怕死亡。

动物身上也会闪现出这样的灵魂。我们应当学会尊重动物的生命。

***

大家在骂人时，都会用“禽兽”一词，没有比骂一个人“你真是一个禽兽”再难听不过的话了。然而动物也有它非常温柔的一面。

大自然中充满爱，你会发现，当动物幼崽与母亲分离后，会有别的动物代替它的母亲照顾它。

一只瞎了眼的小狐狸由一只小母猫带出洞穴抚养，这只小母猫非常爱这只小狐狸，这只小狐狸也非常爱这只小母猫，它会像依偎在亲生母亲身边一样，依偎在小母猫身边。

一只母猫产崽了，人们拿走了它所有的小猫崽，另一只母猫很快也在同一个篮子里产崽了，这次人们给它留下了一只小猫崽。两只母猫开始同时喂养这一只小猫崽。亲生母亲要是不在，另一只母猫就会爬进篮子里给小猫崽哺乳，就好像它的乳汁中有一种力量，让它们变得更亲近。

人类的朋友。我们从自己的角度评价猴子长得美丑，但猴子同样也根据自己的长相评价我们。我们更看重的是优于动物的那些人类的优点，而猴子更看重的是自己的自然需求。

相反，狗视我们人类为高其一等存在的生物，狗努力去博得我们的喜爱和尊重。

有一只小狗崽在玩一张绑在一根绳子上的纸，突然它可能发现了一个其他的东西，或是发现了游戏的秘密，于是它会用那双充满了智慧的眼睛直视人的眼睛。

如果狗用人的眼神看着我，是否就意味着这世界上有一个人曾把自己的一只眼睛给了狗呢?

我明白，如果我的狗紧紧地靠在我的腿边，睡在地板上，它是希望在它睡着的时候我不要离开它。我就像它的同类一样可以读懂它的想法。当我的狗在晚上无处可去的时候，它会由于某种不知名的原因，睡着睡着突然感觉到身体不舒服，从睡梦中惊醒过来，这时它就会用嘴叼起自己睡觉用的小垫子，把小垫子拖到房间的另一边，放到我的床边，然后心满意足地继续睡觉，因为它以前守在火炉旁，而现在紧挨着人睡觉。它也有人的孤独感，它也渴望与人亲近，这是它从人的身上学会的。

小狗汝里卡的梦想。汝里卡开始循着脚印往前走，当它找不到脚印的时候，它就跟随着自己的梦想前行。它的梦想是穿过整个田野。

暴风雪肆虐，田野里覆上了一层薄冰，但是薄冰不会因为一只狗的重量而塌陷。在暴风雪中，汝里卡看到了一只飞鸟，汝里卡在冰面上用尽全身力气全速向它扑了过去。汝里卡赶上了，并捉住了它，但那并不是一只鸟，而是一片干枯的橡树叶。但是，没关系！看，另一片树叶还在空中飞舞，而狗已经不再去追它了。

我们也像追逐鸟儿一样，追逐我们的梦想，然后我们学会掌控自己的梦想，不要把鸟儿和枯叶混为一谈。

一棵枝繁叶茂的白桦树在颜色发暗的枞树林里格外显眼，就像一团绿色的火焰。微风吹拂着白桦树的树叶，还要继续吹拂着整个春天、整个夏天和整个秋天，直到白桦树再次只剩下光秃秃的树枝。

“你知道吗，汝里卡？”我对自己聪明的狗说道，“可能某一天，这棵白桦树会像我和你一样换个地方生长，但它喜欢这儿的风，喜欢风吹拂着它的树叶。于是它在这里停了下来，把自己交给了风，从那以后，这棵白桦树就一直生长在这里，风一直吹拂着它的树叶。”

汝里卡悄无声息地在灌木丛中乱钻，根本看不见它在哪里。在林间空地上，你只能凭借鲜花找到它的位置。在它走过的地方，花儿摇曳着自己长长的、高高的花茎，好像在彼此轻声交谈：“它从这里经过，从那里经过，它走过去了……”

森林中有许多树桩，有一个树桩我曾经坐在上面写东西。汝里卡跑在我前面，蹲坐在一个树桩旁等我。当我从灌木丛中走出来时，它紧张地望向我，好像在询问我：“我们是继续往前走呢，还是你要坐下来写点儿东西呢？”这次我想多写一点儿东西。

“我们不走了，我要写点儿东西。”我说道。

然后我坐了下来，汝里卡也紧贴着我的膝盖蹲坐下来。它一向喜欢这样贴着我，对于它的这种行为，我有两个解释：其一是它会警觉周围是否会有敌人出现；其二是它能随时参与到我的创作中来。

董贝。当我的狗吉赛尔生小狗崽的时候，我们一家人正在重温狄更斯的著名小说《董贝父子》。吉赛尔是一条英国塞特犬，为了纪念狄更斯，我们决定用“董贝”这个名字命名其中的一只小狗崽——并一致认为这是一个十分不错的主意。

一个月后我们将小狗崽陆续送人，只把最后生出的那只小狗崽也就是“董贝”留了下来。它的嘴形最有特点，也最滑稽可笑，在争抢母乳时最不讲道理，我们觉得它简直就是作品中父亲——董贝的翻版。

要是有人忘记了这部小说，我们就再来介绍一下它的主要内容吧。狄更斯在这部小说中描写了一个自私自利的英国旧资本主义社会的代表。没有什么能摧毁这位商人董贝的意志，他开了一间老式公司，除了自己的公司，他什么都不关心。他草率地结了婚，却对妻子漠不关心，这让他的妻子倍感折磨；他简单粗暴地教育儿子保罗，也是他唯一的继承人，让儿子痛苦不堪；而他的女儿是一个非常好的姑娘，名叫弗洛伦丝，因为他的原因，她离家出走。

为了展现这位资本家人性的一面，克服像狗一样的自私自利，狄更斯让他娶了美丽的姑娘艾迪丝，她看起来就像一只养尊处优、十分高傲的猫。两个自私的人，一个像狗，一个像猫，他们俩之间进行了一场激烈的斗争，而在这场斗争中，他开的这间名叫“董贝父子”的商铺濒临倒闭。

董贝终究是一个人，不是一条狗，艾迪丝不管怎么说，也不是一只猫。但他们却像一只猫和一条狗生活在一起，始终无法和睦相处。

这个意志消沉、萎靡不振、疾病缠身、骄傲的人，最终由那个曾被他赶出家门的女儿养老。在这场猫和狗的激烈斗争中，人取得了最终的胜利。

当然，我们并不是为了纪念这个资本家才把小狗崽叫成“董贝”的，我们要纪念的是伟大的作家狄更斯。我们的“董贝”当然不知道给它取这个名字的意图，它像一个坚定的自私者一样过着它自己的生活——当它饿的时候，它会没日没夜地叫；吃东西的时候，它想在哪里吃就在哪里吃，想什么时候吃就什么时候吃，并把地板弄得一片狼藉。

***

鹡鸰。树林中有一个新的林班标，在它旁边放着一个已被虫子蛀烂、朽成碎屑的旧标。所有路过这里的动物，都立刻看见了旧标，一只鹡鸰还没落到它上面就直接飞走了。

人们看见了鹡鸰，看见它是如何上下摆动尾巴，把水滴落在来自人类世界新使者的光头上的。渐渐地，人们习惯了——一根杆子立在那里，这与我们有什么关系。

阳光下的鹅。太阳再一次露出了头。鹅将自己长长的脖子伸进桶里，用嘴取水喝，把水泼到自己身上，并不时地用嘴搔搔身上的羽毛，像小弹簧似的尾巴微微抖动。当它把身上的羽毛都清洗干净，又把它银色且闪闪发光的嘴向着太阳高高地抬起，嘎嘎地叫了起来。

啄木鸟。我看见了一只啄木鸟，它嘴里叼着一个大大的球果飞了很短的一段距离（要知道它的尾巴很短），停在了一棵白桦树上。在这里，它会用嘴去掉球果的外皮。它又在树干上叼着球果跑了几步，来到了一个熟悉的地方。它看到了那个用来夹球果的树杈，树杈上放着一个已经无用的球果，新球果没有地方放了。但它没有办法把旧球果扔掉，因为它的嘴被占着呢！

这时，啄木鸟完全像一个人处在同样处境下会做的那样，把新球果挤在胸和树之间，把嘴腾出来，快速地将树杈上的旧球果扔掉，然后把新球果放到自己的“操作台”上，并开始工作。

它可真聪明，总是精力充沛、富有朝气、热爱工作。

燕子。几乎每年春天都会有春汛，巨大的水流把一些岸边的低矮柳树丛聚到一起，形成了许多小岛。燕子不希望有人打扰它，就在这样的小岛上养育它的后代。周围站着许多大人和小孩。

小孩会感到忧伤，因为他们无论如何也够不到燕子，而大人会感叹燕子的聪明，燕子为自己找了一个所有人都能看得到但够不着的安全地方。

水田鼠。四月的春汛让森林泡在水泛地里。树梢像茂密的灌木丛露出水面。在夕阳的余晖中，我看到有一只水田鼠坐在一根树枝上，我划着独木船从它旁边经过。它失去了自己的家，春汛并不是每只水田鼠生命中必经的事，因此不管怎样它都要独自面对。为了活下去，它不能只使用水田鼠都会的通用技能，而它凭借着自己的生活经验让自己活了下来，这个经验对它来说已经足够了。

现在它像一个人一样，为了拯救自己，不得不想出自己的逃生方法。它大概是从远处游过来的，看得出来，它非常疲倦，即使是我一直盯着它看的时候，它也没有跳入水中。它的前额像人一样非常饱满，它的眼睛是黑色的，会传递出各种情绪，只是现在染上了夕阳的余晖，泛着血色。

水田鼠特别聪明，我觉得这是一件好事。我有时甚至会想，人要是穿上鼠皮，就可以随意地去他想去的任何地方。

我担心会破坏这只正在休息的水田鼠的安宁，所以静悄悄地把我的独木船掉头划走了。

编后记

愿你我在森林中相逢

没有一个人会拒绝大自然。

没有一个时代会拒绝热爱大自然的人。

“所有的故事开始于第一缕春光、第一股春水，开始于大自然中万物苏醒的那一刻。”

这是世界生态文学和大自然文学的先驱，被称为俄罗斯最伟大的歌唱大自然的诗人和哲人米哈伊尔·米哈伊洛维奇·普里什文在《丹顶鹤的故乡》一书中所说的话。我们这一套“俄罗斯当代生态文学作品集”，虽不发端于春天，却酝酿在很多个春暖花开般的日子里。

俄罗斯文学一直是西苑出版社的发力点，而人与自然的关系一直是俄罗斯文学最重要的主题之一。俄罗斯生态文学历史发展悠久，尤其是20世纪以来，涌现出很多以生态保护为创作主题的作家，人与自然的关系问题成为他们进行深入哲学思考的主题，也是他们对大自然与国家和人民命运、人类未来发展关系的深刻认识的总结。由此形成独具特色的俄罗斯生态文学流派，在世界生态文学发展中占据着重要的地位。当我们致力于为这一选题寻找“枝叶花果”时，王金玲老师也带着“俄罗斯当代生态文学”作品、携手专业的翻译团队再次找到了我们。

理所当然地，这套“俄罗斯当代生态文学作品集”迎来了属于它的春天。

很多事情就是这么“恰恰好”。每一本图书、每一套图书的诞生亦是如此。俄罗斯生态文学作品在我国的译介方兴未艾，我们衷心感谢王金玲老师及整个团队的信任、支持，以及在合作过程中处处体现的专业能力和工匠精神。我们也愿意相信，王金玲老师及整个团队对于这套“俄罗斯当代生态文学作品集”扎根于“西苑”这片土壤，同样是感到幸运和满意的。

在生态问题愈发凸显、生态议题逐渐火热、生态文明建设日益深入的今天，我们经由这个选题走到了一起，以期增强我国读者对俄罗斯自然生态资源的了解，管窥俄罗斯作家笔下的人与自然的关系，以及人的内心世界和思维特点，乃至对我国生态文学的创作给予启发和借鉴。

就像两个热爱大自然的人，在森林中相逢。

回到这套书。

“俄罗斯当代生态文学作品集”本是教育部中俄人文交流与合作项目成果，共收录了 8 部作品，来自 3 位各具魅力的俄罗斯生态文学作家。所有作品均聚焦于大自然，却又不限于一般意义上的大自然。这是一种“综合的”“泛化的”生态文学，既描述了自然资源极为丰富的俄罗斯春夏秋冬交替过程中异彩纷呈的植物和动物世界，也关注到生活在原始森林深处的人和游走在大自然边缘的人；既深情歌颂了俄罗斯大自然的壮美，也关怀到大自然的命运乃至全人类的命运；既引导读者们进一步认识大自然，也展现了大自然本身；既讨论了现代化发展与自然生态之间不可避免的摩擦，也更多地寄希望于人与自然和谐共处、亲密发展的美好未来。

被誉为“伟大的牧神”“俄罗斯语言百草”的普里什文，他笔下的大自然永远生机勃勃，充满诗意与情感，每一种生灵都有自己的鲜明个性。这些特点都淋漓尽致地体现在《勿忘草》中。《勿忘草》仅有个别片段在国内被选译过，它的每一章节都有一个独立的主题，但这些主题并非完全割裂，而是关乎到自然万物、人类精神的方方面面，而人类与自然又是共生共存的，充分展现出普里什文对人与自然关系的探讨和呼唤。正如人们常说的，如果你不知道如何赞美大自然，那就去看普里什文吧！

《“灰猫头鹰”和海狸的故事》似乎对应着阿尔谢尼耶夫“三部曲”中的《德尔苏·乌扎拉》，它们都是描述或突出了一个具体的人物形象，由这个人物的经历或体验带出宏大的森林图景，从而展现出人们对自然保护的思考和努力。略有不同的是，《德尔苏·乌扎拉》中的向导德尔苏·乌扎拉主要还是置于整个探险队的发展路线而言，而《“灰猫头鹰”和海狸的故事》的聚焦性更强，叙述本身也更近似于一部小说。无论如何，两部作品都通过立体的人物塑造展现出了这个系列独一无二的人文性和艺术性。

《贝林杰耶夫密林》乃我国首次翻译出版，它在形式上贴近于《勿忘草》和《丹顶鹤的故乡》，可称为随笔集或札记，而不同于《“灰猫头鹰”和海狸的故事》呈现的强烈的故事叙述感；在内容上近似于《丹顶鹤的故乡》，均以某一区域为对象进行全面观察和整体思考，另一本《勿忘草》则从日常万物出发，更多地渗透出作家的哲思。《贝林杰耶夫密林》和普里什文的其他作品一样，蕴含着动人的美感，他的笔触真实又细腻，温柔又不失力量，将粗犷、陌生却又神圣伟大的原始森林形象淋漓尽致地展现在读者的眼前，让人仿佛身临其境。树木的砍伐与生长，机械化（现代化）与原始森林的碰撞，都在这里得到生动体现，而在《丹顶鹤的故乡》中，经济社会的发展变革与物种环境和生态保护的矛盾更是直接摆在作家的面前。是应该支持政府的排水工作，还是应该写文章来呼吁保护珍稀物种？最终，作家选择了后者。一切理所当然又水到渠成，却更加强调了作家的观点——人与自然和谐共处就是善良和美的最高境界。

区别于普里什文清新的文人形象，几乎同时期的阿尔谢尼耶夫充满了典型的俄罗斯“硬汉”气质。阿尔谢尼耶夫既是地理学家、作家，也是一名军官。《德尔苏·乌扎拉》《乌苏里边疆区游记》和《穿越原始森林》这“三部曲”均是阿尔谢尼耶夫对自己考察经历的记录。其中，《德尔苏·乌扎拉》和《乌苏里边疆区游记》分别描述了1902年、1906年和1907年的考察，《穿越原始森林》记录了1927年的整个考察过程。《德尔苏·乌扎拉》和《乌苏里边疆区游记》均非国内首次面世，但它以往更多地被纳入阿尔谢尼耶夫的《在乌苏里的莽林中》（由这两本书整理融合而成）一书中呈现，而非以单本形式出版。“三部曲”均围绕锡霍特－阿林山脉展开，也都涉及德尔苏·乌扎拉等人物，可以说是串成一线，各有偏重、各具特色而又彼此呼应、相互补充。

《乌苏里边疆区游记》通过阿尔谢尼耶夫的实地考察记录，精心呈现了一百多年前乌苏里边疆区的独特风貌，列举了很多远东地区特有的资源：壮美苍茫的原始丛林，险峻挺拔的山峰，纵横密布的河流，丰饶的动植物，暴雨和暴风雪，生活其间的各民族的习俗、故事，以及考察队在旅途中的各种遭遇……处处可见作者对大自然的敬畏、热爱，作品还率先提出了如何保护动物、建立自然保护区的问题。《德尔苏·乌扎拉》则通过考察队的关键人物——向导德尔苏·乌扎拉，展现原始森林的样貌和“性格”，以及在原始森林里生存的原则和规律。以《德尔苏·乌扎拉》为书名而非《乌苏里边疆区考察记》（尽管有撞名之嫌），就已经渗透出这本书的人文关怀，以及阿尔谢尼耶夫对朋友德尔苏·乌扎拉的深切纪念。最令人印象深刻的莫过于作家朴实而真挚的表达，让大自然展现出浓重的“人性”一面，具备人文艺术性，难怪普里什文曾这样评价阿尔谢尼耶夫：“他笔下的大自然是反映纯洁心灵与真实物质世界完美融合的诗歌。”

《穿越原始森林》是阿尔谢尼耶夫“三部曲”中的最后一部作品，也是篇幅最短的一部。它讲述了阿尔谢尼耶夫最后一次考察锡霍特－阿林山脉时发生的故事，记录了这个地区美丽的自然风光和特征鲜明的当地居民的生活，展现了俄罗斯远东地区幅员辽阔的精彩画卷。与前两部作品不同的是，相比于动植物，这部作品更多地关注了不可逾越的河流和未曾踏足的原始森林。有趣的是，这本书是这套作品集中唯一一本由男性译者翻译的作品，呈现出来的译文风格更能让人感受出男性译者的简练和果断，而这正好也契合《穿越原始森林》自身体现的特点（区别于《乌苏里边疆区游记》的浪漫和《德尔苏·乌扎拉》的人情），这倒值得读者们体味感受一下。

需要格外说明一下的是，《德尔苏·乌扎拉》原作为30章，翻译后的作品为20章，译者是按照突出表现德尔苏·乌扎拉这一人物形象为主的原则进行删减的，并在不影响作品整体结构的前提下，对原作中偏离主人公形象描写的章节进行了删减，如关于负面情感、容易引起读者负面情绪的故事情节，以及不符合当地人形象的细节描写，等等。《乌苏里边疆区游记》原作全书含后记共40章，阿尔谢尼耶夫的考察路线共分为三个部分：第一部分是从乌苏里江铁路沿线出发，直到圣奥莉加湾，完成从内陆到海边的考察；第二部分是在圣奥莉加湾周边做了短线考察后，从圣奥莉加湾出发沿海岸线考察；第三部分是从海岸线返回到内陆伊曼河，结束考察。第三部分经历的地形和叙述方式与第一部分类似，第二部分主要是海岸线周边的地形地貌特征，因此，基于整体体量考虑，这本书以考察线路的相对完整为删减原则，只选取了考察线路的第一部分进行翻译出版。

“俄罗斯当代生态文学作品集”中的单本《虎啸风生》，来自俄罗斯当代最会讲老虎故事的人——奥列格·尼古拉耶维奇·沃罗诺伊。沃罗诺伊用一个个小故事为读者们铺开了一幅森林画卷，各种各样的老虎形象及故事酣畅淋漓地展现出来。这不是一本科普书，其目的并非普及老虎尤其是俄罗斯远东地区原始森林里的东北虎，而是在描述东北虎的特征和生活习性的基础上，以文学形式展示了原始森林地区人们对东北虎的态度，对赖以生存的自然环境的保护意识，并借由人和老虎的关系，延伸到对人和自然关系的讨论。看到最后，你不觉得老虎是老虎，这位最漂亮、最强壮也最凶猛的泰加林之王，是不需要靠“语言”这种东西来表达就能彼此理解的所谓“动物”（原文有多处相关表述），它是人类的敌人、威胁，亦是人类的邻居、伙伴。老虎的身上不仅拥有人类生活在地球上引以为傲的所具有的人性（大可不必），更具备大自然赋予的最原始的灵性，而后者在森林遭受滥伐、环境遭到严重破坏的今天反而更显难得和珍贵，仅从这一点来说，都是我们务必将这本书列入生态文学系列的理由。

故事的叙述，思想的传递，都离不开作家的妙笔生花。普里什文一如既往充满诗意和情感的表达、赋予每种生灵以鲜明个性的创作艺术风格在这些作品里都得到了最自然的发挥；阿尔谢尼耶夫善于把情感与理性妥善地结合起来，笔触真实而美好，作品虽名义上为考察记录，却人文色彩浓郁，兼顾了文学的可读性；沃罗诺伊笔下大量的第一人称叙事或对话让人仿佛置身森林中猎人的小木屋里，窗外是从西伯利亚刮来的寒风，屋内壁炉的炭火不时烧出噼里啪啦的声音，而我们围坐炉边，听一个个关于老虎的故事，不时惊叹。

无论如何，在这些作家的笔下，大自然才是所有故事的绝对主角。

不同于中国人惯用的循序渐进、委婉迂回的表述，区别于东方或西方典型风格的俄式抒情 / 感叹 / 幽默可能会让一些读者一时不能适应，甚至感到哭笑不得。然而，随着阅读的适应和融入，你会慢慢甄别出其中的独特味道，好似一碗鲜红色的俄式红汤，初时不适应，慢慢地，你就会发现这里不仅有牛肉、土豆、胡萝卜、甜菜根这些多样又丰富的内容，还有月桂、香芹这些佐料的多重风味，让人了解到独具魅力的俄罗斯文化。

当然，俄式风情的畅快表达也离不开译者的得力翻译。王金玲老师及整个团队对这套书的译文质量做了整体保障，译者们尽最大可能将原作的语言风格尤其是中心精神还原出来。无论是阿尔谢尼耶夫和德尔苏·乌扎拉从暴风雪中死里逃生，还是“灰猫头鹰”竭尽全力寻找两只小海狸，无论是虎口逃生，还是密林风光，都让人轻易“失足”跌入作品营造的故事和氛围中，同喜同悲，同乐同苦。

不可否认，书里所提及的山川河流以及原始森林地区难免存有争议，关于中国人的描写，也并非总是积极乐观的。在客观、理性、正面看待历史问题的今天，我们对此有所处理，却也适当保留，因为从某种意义上来说，它宝贵地记录下了那段时期那个地区那些人的几乎已经消失的生活方式和历史。勤劳勇敢的中国人，始终是大自然的亲密朋友。

作为出版者，我们诚挚地邀请您赶赴这一场森林之约。“俄罗斯当代生态文学作品集”是一个起点。我们祈望它是春天的一记信号，亦是一场春雷，当春光乍泄、春水涌动之时，我们每个人都能感受到大自然之美，而每个人的心里，也都拥有属于自己的大自然。

愿你我在森林中相逢。